DESCOBRINDO OS CLÁSSICOS

O AMIGO DE CASTRO ALVES

MOACYR SCLIAR

editora ática

O amigo de Castro Alves
© Moacyr Scliar, 2005

Editora-chefe	Claudia Morales
Editor	Fabricio Waltrick
Editor assistente	Fabio Weintraub
Coordenadora de revisão	Ivany Picasso Batista
Preparador de texto	Agnaldo Holanda
Revisora	Cátia de Almeida
Seção "Outros olhares" e antologia	Ivone Daré Rabello
Estagiária	Fabiane Zorn

ARTE
Diagramadora	Thatiana Kalaes
Editoração eletrônica	Estúdio O.L.M.
	Eduardo Rodrigues
Capa	Lúcia Brandão
Pesquisa iconográfica	Sílvio Kligin
Ilustrações de Castro Alves	Samuel Casal
Estagiária	Mayara Enohata

CIP-BRASIL. CATALOGAÇÃO NA FONTE
SINDICATO NACIONAL DOS EDITORES DE LIVROS, RJ

S434a

Scliar, Moacyr, 1937-
   O amigo de Castro Alves / Moacyr Scliar ; 2.ed. - São Paulo : Ática, 2008.
   il. - (Descobrindo os Clássicos)

   Contém apêndice e suplemento de leitura
   ISBN 978-85-08-12035-2

   1. Alves, Castro, 1847-1871 – Literatura infantojuvenil. I. Título. II. Série.

04-3210.   CDD: 028.5
                                        CDU: 087.5

ISBN 978 85 08 12035 2
CL 736564
CAE 243274

2023
2ª edição
10ª impressão
Impressão e acabamento: Log&Print Gráfica, Dados Variáveis e Logística S.A.

Todos os direitos reservados pela Editora Ática S.A., 2005
Av. das Nações Unidas, 7221, Pinheiros – CEP 05425-902 – São Paulo, SP
Atendimento ao cliente: 4003-3061 – atendimento@aticascipione.com.br
www.coletivoleitor.com.br

LIÇÃO DE LIBERDADE

O livro que você tem em mãos conta a história de uma amizade entre um escritor que de fato existiu — o poeta romântico Castro Alves — e um escravo inventado, de nome Tião, que poderia muito bem ter existido. É a história de uma amizade entre homens de grupos sociais distintos, em uma época na qual os escravos não contavam como gente, mas apenas como a "preta mercadoria". Época, aliás, da qual não estamos distantes, já que mais de um século após a assinatura da Lei Áurea o trabalho escravo ainda não foi erradicado do Brasil e está por chegar o dia em que os negros verão seus direitos civis plenamente reconhecidos.

Nas páginas seguintes, levado pela mão segura de Moacyr Scliar, você vai acompanhar o percurso dessa "amizade difícil", correndo em paralelo com os poemas e a vida de Castro Alves. Da infância no interior da Bahia (observando as distâncias entre a senzala e a casa-grande) aos versos patrióticos dos tempos de ginásio; do ingresso na Faculdade de Direito do Recife à consagração no Rio de Janeiro (onde será recebido por escritores do porte de José de Alencar e Machado de Assis), Scliar vai misturando, com perícia e sabor, fatos biográficos, poemas e a mais pura ficção.

Mas o toque de mestre de Scliar se liga mesmo à habilidade em relacionar os episódios que compõem a face "pública" de Castro Alves (incluindo aí as desventuras amorosas com a atriz Eugênia Câmara, bem como o trágico acidente que mutila o poeta em São Paulo) à história de amizade com Tião, escravo fugido da fazenda paterna, que o poeta reencontra em Recife. Desse encontro clandestino e tenso vão brotar algumas das melhores passagens do livro, testemunho de uma aprendizagem que engaja os dois amigos.

E em que consiste tal aprendizagem? Com o amigo branco, Tião aprende a ler e a apreciar as peculiaridades da linguagem poética. O poeta, por seu turno, aprende com Tião algo sobre os limites da poesia e sobre as diferenças sociais e culturais que os separam.

São lições das quais você também pode tirar proveito, seguindo as peripécias desses dois companheiros e entoando em voz alta os versos indignados do poeta. Versos que conclamam a um mundo mais justo, onde amizade e liberdade rendam bem mais que uma rima pobre.

Os editores

SUMÁRIO

Para Fernando Paixão, grande editor, grande poeta.
À memória de Jorge Amado,
que fez de Castro Alves notável personagem.

NOTA INTRODUTÓRIA

A curta vida de Castro Alves foi tão movimentada, tão cheia de aventuras, paixões e sofrimento que, como se costuma dizer, daria um romance. Muito do que está narrado aqui aconteceu de verdade, mas há personagens fictícios, imaginários: o feitor de escravos Duarte, o escravo Tião, sua companheira Maria do Horto, o filho deles, Antonio, Fagundes, Custódio... Fictícios, mas poderiam ter existido de fato, pois a ficção é uma maneira de completar a realidade.

À época em que Castro Alves viveu, a escravatura estava presente em todo o país. O Brasil dependia dos escravos. Muita riqueza resultou do sangue e do suor deles, fato que o poeta nunca esqueceu, e que está presente em muitos de seus poemas. Vamos falar de um poeta e de escravos. Vamos falar do poeta dos escravos.

1

O nascimento do poeta

Muitas pessoas pensam nos poetas como criaturas diferentes, uma espécie de extraterrestres, que vivem em uma outra realidade e não se preocupam com coisas como comer, ir ao banheiro, vestir-se, trabalhar. Mas isso é um engano.

Poetas (e escritores, e artistas) são seres humanos iguais a qualquer outro ser humano. Para começar, poetas não descem das alturas, não vêm do espaço sideral. Poetas, como todos os seres vivos, nascem. Nascem na cidade ou nascem no campo, nascem no hospital ou nascem em casa, nascem de dia ou nascem de noite — mas nascem. São bebês que, como todos os bebês, abrem os olhinhos e veem o mundo, estranho e fascinante mundo. Respiram — coisa que não tinham feito no útero materno. O ar lhes invade os pulmõezinhos. Essa primeira inspiração é um choque. E aí choram, claro: é a linguagem dos recém-nascidos, o choro. Crescem, aprendem a falar, aprendem a ler, aprendem a escrever; aprendem a admirar e a amar a poesia, aprendem a buscar em si próprios inspiração e escrevem poemas — sobre este nosso mundo, o mundo que eles continuam a olhar de modo diferente, um pouco como os bebês. Tal olhar, transformado em palavras, é que nos encanta, e que nos faz viver melhor.

Quando a gente quer dizer que alguém é sonhador, que não sabe lidar com coisas práticas, dizemos que se trata de um poeta. É uma injustiça. Um bom poema nos ajuda a viver, e portanto a fazer as coisas práticas que temos de fazer todos os dias. Um bom poema nos dá uma lição de vida, nos abre caminhos. Poetas nascem, sim, nascem todos os dias — e ainda bem que todos os dias nascem poetas, e ainda bem que os poetas escrevem poemas.

No dia 14 de março de 1847 nasceu um poeta. Nasceu numa rústica e modesta casa de fazenda, no interior da Bahia, perto do rio Paraguaçu. Lugar agreste, planície ao lado de mata virgem: cactos, e umbus, e cajueiros, e o gado pastando no campo.

O menino recebeu o mesmo nome do pai: Antonio. Antonio Frederico de Castro Alves. Desse "Frederico" ele não gostava. Muitas pessoas não gostam do nome que têm, mas o garoto ficava simplesmente furioso quando alguém o chamava de Frederico. Pedia briga, até. Quando começou a escrever, só assinava Antonio de Castro Alves. E como Antonio de Castro Alves ficou conhecido. Ah, sim, e ele tinha um apelido, Cecéu, que havia sido dado pelo irmão mais velho, José Antonio.

O pai, o doutor Antonio José Alves, era médico. E médico muito dedicado: para aperfeiçoar seus conhecimentos, viajou por vários países da Europa — França, Bélgica, Holanda, Alemanha. Tornou-se cirurgião; operava tão bem que até os médicos no estrangeiro admiravam sua técnica. Mas mesmo médicos podem ficar doentes, e isso aconteceu com ele. Ainda jovem, começou a se sentir muito fraco, muito debilitado. Naquela época, não era muito fácil descobrir que doença a pessoa tinha; e também não havia remédios para a maioria das doenças. O que se recomendava, para as pessoas enfermas, era que se alimentassem melhor, que se preocupassem menos, que levassem uma vida mais sadia. O doutor Alves resolveu aplicar a si próprio essas recomendações: deixou a capital e foi para o interior da Bahia, para um lugar conhecido como Curralinho. Lá conheceu uma linda moça, Clélia, filha de militar, por quem se apaixonou. Casaram, moraram por algum tempo em Curralinho, depois foram para a fazenda de Cabaceiras, que pertencia à família de Clélia, e onde se criava gado. Ali ficaram por cerca de sete anos. Durante esse tempo tiveram quatro filhos: José Antonio, Antonio, João — falecido ainda bebê — e Guilherme. Mais tarde nasceriam as meninas: Elisa, Adelaide e Amélia.

2

A ama de leite

Antonio foi criado por uma "mãe preta": Leopoldina chamava-se a escrava que cuidava dele, vestia-o, dava-lhe de mamar, embalava-o para dormir. Substituía assim dona Clélia, que, sendo uma mulher fraca, debilitada, não tinha energia para carregar o filho no colo, trocar suas roupinhas molhadas de xixi, dar banho.

Leopoldina fazia isso com muita energia e disposição; era uma mulher ainda jovem, cheia de corpo, bonita, alegre, carinhosa. Tinha leite bastante para amamentar o nenê, porque também era mãe de uma criança pequena. Adorava o seu filho, Gregório, e adorava o pequeno Antonio, a quem ensinou as primeiras palavras e a quem guiou nos primeiros passos. Antonio muitas vezes chamava-a de mãe. Um dia — ele teria uns três anos — os dois estavam sentados à sombra de um cajueiro, quando o menino disse, apontando o chão:

— Olhe, mamãe, olhe essas formigas! Olhe como elas são grandes, como correm! Parecem malucas!

Ela olhou e concordou: eram mesmo grandes aquelas formigas, as maiores que já tinha visto, e de fato corriam de um lado para outro. Mas algo, no jeito de falar do menino, a incomodou; precisava fazer uma observação a respeito, mas hesitava, temendo a reação dele. Por fim se decidiu:

— Antonio, eu preciso lhe dizer uma coisa. Uma coisa que você, sendo grandinho, agora pode compreender. Você sempre me chamou de mãe, mas não está certo você me chamar assim. Porque eu não sou sua mãe de verdade, Antonio. Você sabe disso. Sua mãe é a dona Clélia.

Como ela temia, Antonio se magoou com aquilo. Mirou-a, os grandes olhos cheios de lágrimas:

— Você é minha mãe, sim. Você é quem brinca comigo, você é quem cuida de mim. Você é minha outra mãe.

— Não, Antonio. Eu tomo conta de você, sim, eu brinco com você, eu faço o que você quiser. Mas sua mãe é a dona Clélia. Foi do corpo dela que você saiu. Ela não pode cuidar de você, como gostaria, porque é uma pessoa doente, fraca. Mas ela ama muito você, tenha certeza disso. Ela é que é sua mãe, não eu.

Antonio soluçava:

— Quer dizer que você não gosta de mim? Que você só cuida de mim porque mandam você fazer isso?

— Não, Antonio. Eu cuido de você porque eu amo você. Amo muito, Antonio. — Agora era Leopoldina quem tinha lágrimas nos olhos. — Amo você como se fosse meu filho.

Antonio parou de chorar, arregalou os olhos:

— Verdade? Você me ama como se eu fosse seu filho? É assim que você me ama?

— É. É assim que eu amo você. Como se você fosse meu filho.

— Viu? — Ele, triunfante. — Se você me ama como se eu fosse seu filho, então eu posso chamar você de mãe.

O garoto era esperto mesmo. Leopoldina sorriu, meio desconcertada:

— Mas eu lhe expliquei...

— Eu sei que você me explicou. Eu entendi o que você explicou. Mas não me importa. Você é minha mãe. Minha mãe, a Clélia, é minha mãe, e você também é minha mãe. Eu tenho duas mães, pronto. Duas mães é melhor que uma, não é mesmo?

Vitorioso, arrematou:

— E agora me conte uma história.

Um pedido que Leopoldina nunca recusava. Contar histórias era coisa que ela gostava de fazer, e sabia fazer. Mais: convivendo há anos com dona Clélia e com o doutor Alves, adquirira um vocabulário que os outros escravos não tinham, e que a todos deixava admirados. Narrava sobretudo histórias da África, de onde tinha vindo, ainda criança, como escrava. Mas disso não falava a Cecéu; ao contrário, descrevia-se como uma princesinha africana que abandonara tudo para vir ao Brasil:

— Meu pai era um rei poderoso, mandava em muita gente. Nós morávamos no meio da selva, mas num palácio enorme. Eu tinha um quarto só para mim, um grande banheiro com lindas toalhas bordadas. Tinha empregadas que lavavam e passavam minha roupa e me traziam as refeições... Eu só comia do bom e do melhor. Quando fiz treze anos, o capitão de um navio que visitava o palácio, a convite de papai, falou-nos do Brasil: um país enorme, parecido com a África, mas muito mais bonito. E de gente muito boa, muito amável. De imediato fiquei encantada com aquele lugar; naquela noite tive um sonho. Sonhei que estava no Brasil, no meio de uma grande floresta. E ali, numa clareira, deitado no chão, estava um bebê lindo, um bebê parecido com você, estendendo os bracinhos para mim.

— Era eu? — perguntou Antonio, ansioso. — Era eu, Leo?

Leo era o apelido que ele lhe dera.

— Bem, eu ainda não conhecia você... Mas era, sim, igualzinho a você. Acordei com a certeza de que esse bebê existia mesmo, e que estava esperando por mim, lá naquele país distante. E aí eu já não pensava em outra coisa, a não ser no bebê. Fiquei triste, não comia, comecei a emagrecer. Meu pai, o rei, muito preocupado, quis saber o que estava acontecendo. Contei a ele meu sonho, disse que precisava ver aquele bebê. Para o papai, que me amava muito, desejo meu era uma ordem. Chamou o capitão, pediu que preparasse um grande navio, com muitos marinheiros e todo o conforto. O navio deveria me trazer para o Brasil. Aqui, um guia que ele contratara especialmente deveria me acompanhar na Bahia. E, os deuses querendo, eu chegaria até o bebê que me esperava. Parti, confiante. A viagem começou tranquila, mas quase não chegamos. Porque...

A essa altura, Leopoldina fazia uma pausa dramática, uma pausa que deixava o menino ansioso:

— O que aconteceu? Conta, Leo, conta!

— Já perto da costa do Brasil, houve uma tempestade. Tempestade terrível, aquele vento, aquelas ondas enormes... O navio, apesar de muito grande e muito seguro, acabou naufragando. Felizmente eu era boa nadadora e consegui chegar à praia. Ali fui acolhida por uma família de pescadores. Eles cuidaram de mim, como eu cuido de você agora, e me ensinaram português. Um dia ouvi uma conversa deles que me deixou curiosa. O pescador estava falando sobre um médico que o tinha operado e a quem admirava muito. E dizia para a mulher: precisamos levar um presente para o doutor Antonio José Alves, porque ele acabou de ter um filho, um lindo bebê. Quando ele falou isso, Cecéu, eu tive certeza de que estavam falando do bebê com o qual eu havia sonhado. Perguntei onde morava o doutor, eles me disseram que era numa fazenda, bem longe; eu me pus a caminho, andei dois dias e duas noites, mas finalmente cheguei aqui. Sua mãe me recebeu muito bem, e me mostrou você. Você estava num bercinho, dormindo... Quando vi você, comecei a chorar: você era o menino que tinha aparecido em meu sonho. E então eu disse: "Dona Clélia, quero ficar aqui, trabalhando para a senhora e para o doutor. Quero cuidar desse menino lindo". Ela disse que sim. E aí eu fiquei aqui.

— Mas você é escrava — ponderava o menino. — Você está aqui porque é nossa escrava.

Ao que Leopoldina respondia, sem hesitar:

— Verdade. Sou escrava. Mas por minha vontade. Eu pedi para me tornar escrava. Porque gosto demais de sua família, Cecéu, e gosto demais de você. Eu queria ficar aqui para sempre; o jeito para isso era me tornar escrava, e eu aceitei, de boa vontade, a situação.

Antonio não estava inteiramente convencido:

— Mas, Leo, você não tem saudades de sua família, lá na África? Você não gostaria de voltar a ser princesa?

Ela ria:

— Não. Quero ficar com meu príncipe. Que é você. O príncipe Cecéu.

O pequeno Antonio ficava um instante em silêncio. E aí pedia:

— Conte mais histórias.

E Leopoldina contava mais histórias. Histórias da África, histórias que falavam das divindades africanas, os Orixás, guardiães e protetores: Iansã, a deusa dos ventos e dos raios; Iemanjá, deusa dos mares; Oxum, deusa dos rios e das cachoeiras; Ossanha, deusa das folhas; Xangô, deus do trovão; Ogum, deus do ferro... Cecéu ouvia maravilhado. Mas algo o deixava intrigado e, um dia, depois de hesitar um pouco, ele fez a Leopoldina a pergunta que há muito tempo tinha na cabeça:

— Se os negros têm tantos deuses, Leo, por que são escravos? Por que não pedem aos deuses para ficar livres?

Leopoldina deixou escapar um fundo suspiro:

— É que nossos deuses estão longe, sinhozinho. Nossos deuses estão tão longe que não escutam nossas preces.

— E o meu Deus? Eu posso rezar, pedir a ele que ajude vocês?

— Pode, sinhozinho. Reze para seu Deus, peça que ajude os escravos, aqueles que precisam de ajuda. Não é meu caso: graças ao doutor Alves, à dona Clélia e a você, eu sou feliz. Escrava, mas feliz.

E arrematava:

— Agora, chega de histórias. Ainda tenho coisas pra fazer. E o sinhozinho Cecéu tem de dormir.

3

Tião

Antonio gostava muito do irmão mais velho. Era um sentimento recíproco: José Antonio demonstrava grande afeto por Antonio, e o próprio apelido que dera a ele, Cecéu, era prova disso. O que não quer dizer que estivessem sempre juntos. Muitas vezes José Antonio se isolava, não queria falar com ninguém, nem mesmo com Cecéu. Ficava trancado em seu quarto, ou então saía para caminhar sem destino pelo campo, o olhar perdido, às vezes falando sozinho.

— É muito estranho esse menino — diziam os conhecidos.

Essa situação deixava o doutor Alves preocupado. Sabia que aquilo era uma coisa doentia; mas, mesmo sendo médico, não podia fazer muito pelo filho. Naquela época a medicina quase não tinha recursos para pessoas com problemas emocionais ou mentais, em primeiro lugar porque pouco se conhecia a respeito, e depois porque simplesmente não havia tratamento eficaz para tais problemas. Uma vez diagnosticada como "alienada" — esse era o termo que se usava então —, a pessoa era trancafiada no hospício, às vezes até acorrentada. O doutor Alves não queria isso para o filho, e por isso negava, até para si próprio, que José Antonio fosse doente.

Por outro lado, o rapaz era muito inteligente, muito culto. Escrevia poemas, poemas tristes, que falavam sobre as dores da vida e sobre as bênçãos da morte. Apesar dos temas macabros, o pai esperava que o talento de José Antonio funcionasse como uma espécie de defesa contra a doença mental.

Ao contrário do irmão, Antonio gostava de pessoas. E as pessoas gostavam dele, daquele menino bonito, alegre. Estava sempre perto de gente. Tinha, como se dizia naquela época, um pajem, um rapaz encarregado de acompanhá-lo: era Gregório, o filho de Leopoldina, também escravo na fazenda. Mas de quem Cecéu gostava mesmo era do garoto Tião.

Órfão, da mesma idade de Antonio, Tião havia sido confiado por dona Clélia a uma velha escrava, Isolina, que viria a falecer pouco depois. Cresceu, tornou-se um menino simpático, vivo, com uma cara esperta e grandes dentes brancos que estava sempre mostrando num sorriso. Forte, independente, costumava dizer com orgulho que não tinha medo de nada:

— Lobisomem, assombração, essas coisas não me assustam.

Fazia questão de entrar sozinho no mato, mesmo à noite, apesar das advertências de Leopoldina:

— Não vá lá, menino, ali tem bichos ferozes.

Tião ria:

— Bicho feroz é o seu Duarte.

Duarte era o feitor, o homem que estava encarregado de administrar os escravos. Homem forte, troncudo, grande bigode e olhinhos apertados, não era exatamente um tipo simpático; ninguém o via sorrir. O doutor Alves não gostava muito dele; mas o pai de Duarte já tinha trabalhado para a sua família, de modo que o feitor simplesmente herdara o emprego. Como o pai, a quem na infância detestara pela brutalidade com que tratava a família, Duarte era um homem fanático pelo trabalho; solteiro, sem filhos, sem amigos, morava sozinho numa casa, na fazenda, e já de madrugada, com chuva ou com sol, ali estava ele, sempre de botas e com o chicote na mão, fiscalizando as atividades dos escravos, que considerava apenas como uma categoria, talvez um pouco diferenciada, de animais domésticos: assim como os bois puxavam os arados, os escravos tinham de capinar a terra e fazer a colheita. Estava sempre pronto para castigá-los, coisa que o doutor Alves tratava de evitar:

— Escravos são gente e têm de ser tratados como gente — dizia.

Duarte concordava, mas sempre de má vontade. No fundo, ele gostava de surrar os negros — descarregava assim a sua raiva — e estava sempre procurando uma vítima e um pretexto para castigá-la:

— O Josino, ali, me olhou de um jeito ameaçador. Tive de dar umas chicotadas nele. Se eu não mostro quem manda aqui, amanhã ou depois o bandido é capaz de me atacar. Ou atacar o patrão. Eu o protejo, doutor Alves, protejo sua família. O senhor pode não saber disso, mas é a verdade.

Duarte detestava particularmente Tião, a quem chamava de "moleque danado". De fato, Tião estava sempre zombando dele, fazia caretas, imitava sua voz fanhosa. Duarte corria atrás do garoto, mas em vão; ágil, Tião escapava dele facilmente.

— Você não perde por esperar — bradava, ameaçador. — Um dia eu pego você.

Cecéu morria de rir com essa cena. Mas Leopoldina não achava graça nenhuma naquela história. Volta e meia advertia o negrinho:

— Um dia o Duarte vai pegar você. E aí você vai ver.

Na verdade Leopoldina não gostava muito do Tião, que para ela não passava de um intrometido. Isso porque, mal começava a contar uma história para o menino Cecéu, Tião, como que avisado, imediatamente aparecia, querendo ouvir também. Leopoldina ficava por conta:

— As histórias são para o meu sinhozinho, não para você. Cai fora daqui, demônio.

Antonio protestava:

— Deixe ele ouvir também, Leo. Tião é meu amigo. Que mal tem ele estar aqui junto?

Leopoldina acabava contando a história, mas sem muito entusiasmo. Se por acaso Tião a interrompia com alguma pergunta, fingia não ouvir. Resultado: Tião fazia caretas para ela também. Não foi uma nem duas vezes que Leopoldina se queixou ao doutor Alves:

— Esse menino é um desavergonhado, não tem respeito pelas pessoas. O senhor devia castigá-lo, doutor. Ele é um mau exemplo pro sinhozinho.

O médico, que sabia do afeto do filho por Tião, limitava-se a acalmá-la:

— Ora, Leopoldina, ele é apenas um garoto, você deve ter paciência.

Além disso, ele próprio gostava muito do negrinho, a quem admirava pela vivacidade, pela inteligência e até pelo vocabulário: como a própria Leopoldina, e diferentemente dos outros escravos, Tião falava muito bem. É claro que nisso o contato com Antonio ajudava bastante e o doutor se sentia comovido, e orgulhoso, pelo fato de o filho se mostrar solidário com um jovem escravo.

Era feliz ali na fazenda, o Antonio. Mas essa felicidade não poderia durar para sempre. Uma noite José Antonio e Cecéu estavam no quarto, ambos lendo, quando Leopoldina bateu à porta:

— O doutor quer falar com os sinhozinhos.

O que seria? Antonio se assustou, o irmão ficou impassível. Foram até a sala de visitas, onde o pai e a mãe — dona Clélia mais pálida do que de costume — estavam sentados em um sofá.

— Tenho uma notícia para vocês — anunciou o doutor Alves. — Vamos deixar a fazenda. Estamos nos mudando para uma cidade aqui perto.

Explicou que os garotos precisavam ser educados por professores, numa escola, e que ali na fazenda aquilo não seria possível. José Antonio, como sempre, não disse nada, mas Antonio de imediato fez uma pergunta:

— E o Tião, papai? O Tião vai com a gente?

O médico pensou um pouco, trocou um olhar com a esposa que, calada, escutava.

— Não — disse por fim. — O Tião vai ficar aqui na fazenda. Ele vai crescer aqui, vai trabalhar aqui. Aqui é o lugar dele, meu filho. Infelizmente essa é a realidade, e nós temos de aceitá-la. Já o seu lugar é outro. Você e seu irmão vão estudar, vão seguir uma carreira. É por isso que estamos indo para um lugar maior, por causa de vocês.

Antonio rompeu em prantos:

— Não — gritava —, eu não quero ir para a cidade, não quero estudar. Quero ficar aqui na fazenda, com meu amigo Tião!

— Chega! — bradou o pai, impaciente. — Eu não estou perguntando se você quer ir ou não. Estou dizendo que você vai. E não admito discussões! Agora, retire-se!

Dona Clélia ainda tentou interferir, pedindo ao marido que tivesse calma, mas o doutor estava muito zangado:

— Esse menino me desrespeitou, Clélia, e isso eu não posso admitir. Ele vai para o quarto e só sai de lá quando eu autorizar.

Ainda soluçando, Antonio entrou no quarto, debilmente iluminado por uma lamparina. Deitou-se na cama, e ali ficou, remoendo pensamentos raivosos contra o pai, e sentindo já a dor da separação. Tião era seu amigo; o que ia fazer sem ele?

Bateram à porta: era Leopoldina, com um copo de leite e umas bolachas.

— Seu pai mandou trazer, Cecéu...

O menino, deitado, não dizia nada. Leopoldina se sentou ao lado dele:

— Quer que eu conte uma história pra você?

— Não! Não quero história nenhuma!

E começou a chorar de novo, dessa vez um pranto convulso que lhe sacudia o corpo todo.

— Meu pai é mau — dizia, numa voz entrecortada. — Meu pai é muito mau, ele não quer que eu tenha amigos.

Leopoldina o abraçou:

— Não, sinhozinho. Seu pai não é mau. Ele quer o seu bem. Um dia o sinhozinho teria, mesmo, de sair da fazenda. Sinhozinho vai para a cidade, vai estudar, vai ser um homem de respeito. É isso que o seu pai quer. Ele é um homem muito bom, acredite.

Pôs-se então a entoar uma antiga canção de ninar. Aos poucos, o menino foi se acalmando. Quando ele parecia estar dormindo, Leopoldina se levantou e, pé ante pé, saiu do quarto.

Mas Antonio não estava dormindo. Tão logo a porta se fechou, ele saltou da cama. Tirou a fronha do travesseiro e, indo até o armário, colocou nela algumas roupas, improvisando uma espécie de mochila. Feito o quê, abriu a janela e a pulou. Correu pelo terreiro iluminado pelo luar até a senzala dos escravos, uma grande, mas precária, construção coberta de sapê, que tinha apenas uma janela e sob a qual, sabia o garoto, dormia seu amigo Tião. Baixinho, chamou por ele. Não demorou muito e Tião apareceu, sonolento. Ao ver o amigo, assustou-se:

— O que você está fazendo aqui a essa hora? Aconteceu alguma coisa?

A voz entrecortada pelos soluços, Antonio contou a conversa que havia tido com o pai. Disse que não queria deixar a fazenda, preferia fugir. Mostrou a trouxa de roupas:

— Eu vou embora, Tião. Vou embora pra sempre. E quero que você venha junto.

Tião arregalou os olhos:

— Você está louco, Cecéu. Não faça isso. Obedeça a seu pai, ele sabe o que é bom para você.

— Mas aí a gente não vai mais se ver...

— Vamos nos ver, sim. Eu vou ficar aqui, na fazenda. Quando você vier, nas férias, a gente se encontra.

Riu:

— Um dia você será o dono disso aqui, e eu trabalharei para você.

De dentro da senzala, uma voz de homem resmungou:

— Que história é essa, Tião? Com quem você está falando?

E outra voz, agora de mulher:

— Deixa a gente dormir, moleque. Amanhã temos de trabalhar. Ou você quer que o Duarte te castigue?

— Volte pra casa — cochichou Tião. — Tudo vai dar certo, você vai ver.

Ainda relutante, Antonio voltou. Encontrou os pais alarmados: onde é que ele havia se metido? Mas havia também uma boa notícia, que lhe foi transmitida pelo pai:

— Falei com sua mãe, e decidimos: a Leopoldina vai conosco. Assim você poderá continuar ouvindo suas histórias. Também vamos levar o Gregório com a gente.

Antonio correu a se atirar nos braços da ama, que ali estava. E, num momento, já estava feliz de novo, ou menos infeliz. Teria de se separar de Tião, mas pelo menos contaria com Leopoldina e Gregório.

4

Na cidade

Os preparativos para a mudança foram rápidos; logo a família estava residindo na pequena cidade de Muritiba. Lá José Antonio e Cecéu tiveram aulas com o professor José Peixoto da Silva, amigo do doutor Alves. Depois mudaram de novo, para São Félix, às margens do Paraguaçu, onde ficaram pouco tempo; o doutor Alves já estava decidido a voltar para a capital. Antonio tinha então sete anos. Nunca tinha visto uma cidade grande e aquilo acabou por entusiasmá-lo, sobretudo porque, como lhe contara o pai, lá existiam grandes livrarias, onde ele poderia comprar muitos livros.

Foram morar na rua do Rosário. Era uma casa muito grande, muito bonita, mas Antonio, que era observador, não tardou a notar que havia algo de estranho ali; as pessoas que passavam na rua detinham-se, ficavam olhando, cochichavam, às vezes até se benziam. Qual a razão dessa conduta? Por que a casa chamava tanto a atenção?

Essa pergunta Antonio fez várias vezes ao pai e à mãe. Sempre recebia respostas vagas, evasivas:

— Ora, meu filho, essa gente não tem o que fazer, falam à toa. Não dê importância.

Mas Antonio continuava intrigado com o assunto. Até que um dia veio visitá-los o tio João José, irmão de seu pai. Militar, João José era um homem alegre, expansivo. Gostava muito do sobrinho; trazia-lhe presentes, contava-lhe histórias. Estavam conversando, quando de repente Antonio resolveu perguntar ao tio sobre a casa.

— O que aconteceu aqui, titio? Todo mundo olha para esta casa como se ela fosse mal-assombrada...

O tio vacilou:

— Você quer mesmo saber? Acho que seu pai não gostaria que eu falasse disso com você...

O menino insistiu: queria, sim, ouvir a história. E João José acabou contando.

— A casa tem, sim, fama de mal-assombrada. Aqui morou uma das moças mais lindas da Bahia. Chamava-se Julia Feital. Os rapazes da cidade eram loucos por ela; aonde ia, a festas, ao teatro, era admirada, era cortejada. Por fim, ficou noiva de um jovem chamado João Lisboa, que, ao contrário dela, era muito sério, sisudo mesmo. Julia gostava do rapaz, mas não podia deixar de ser a jovem alegre que sempre fora; continuava indo a festas, continuava retribuindo os olhares e sorrisos de outros rapazes. Não se tratava de traição ao noivo, era só o jeito de ser dela. Mas João Lisboa era muito convencional e, pior, muito ciumento; via as coisas de modo diferente. Para ele, mulher comprometida estava morta para o mundo. "Ela nunca será só minha", pensava. Mas, se não seria só dele, então não seria de mais ninguém. Decidiu matá-la. Com um tiro, um único tiro. E nesse tiro usaria uma bala especial. Existe uma lenda, não sei se você sabe, segundo a qual só se pode matar um vampiro com bala de prata. Pois João Lisboa mandou preparar uma bala de ouro; só uma bala de metal precioso poderia roubar a vida de uma moça tão bela. A bala pronta, carregou com ela a sua pistola, e marcou um encontro com Julia, na entrada desta mesma casa em que estamos. Ela o esperava; quando ele chegou, abriu os braços, sorridente, para acolhê-lo. Ele sacou a pistola e deu-lhe um tiro, um único tiro, certeiro: Julia caiu na hora.

— Morreu? — perguntou Antonio, de olhos arregalados.

— Morreu. Para você ver, meu sobrinho, o que faz o ciúme. Dizem que o fantasma da pobre Julia vagueia por aí. Mas você, que é um menino inteligente e culto, não acredita nisso, acredita?

Antonio disse que não, que não acreditava em fantasmas. Mas na verdade estava muito impressionado com a história. Tão impressionado que, naquela noite, não conseguia adormecer, virando-se de um lado para o outro na cama. Tinha o pressentimento de que algo muito estranho estava por acontecer, e esse pressentimento impedia-o de dormir. Finalmente adormeceu, um sono inquieto, do qual acordou sobressaltado, com a sensação de que alguém estava ali. Sentou-se na cama e, à luz vacilante da lamparina, viu alguém num canto do quarto.

Era uma moça. Uma moça linda, a moça mais linda que ele já vira. Usava um vestido branco, manchado de sangue na altura do coração. Sorrindo, a moça ergueu o braço, mostrando-lhe algo que brilhava na semiescuridão. Antonio sabia o que era aquilo: uma bala de pistola, feita de ouro. A moça era Julia Feital.

Outro menino ficaria assustado. Não Antonio. Antonio estava fascinado. Não, fascinado não: estava apaixonado. Instantaneamente apaixonado. A aparição era, para ele, o símbolo da paixão. Devagar, levantou-se da cama, caminhou para a moça, estendeu-lhe a mão. Mas aí ela, sempre sorrindo, desapareceu. Simplesmente desapareceu.

Isso não foi para ele uma frustração, nem motivo de susto ou de pavor. Ao contrário, estava encantado: morava numa casa assombrada, sim, mas era uma casa assombrada pela paixão, pelo fantasma de uma bela mulher. A certeza de que ela estava ali, escondida num desvão ou perambulando à noite pelo corredor, enchia-o de emoção. Naquela noite não conseguiu dormir; precisava contar a alguém o que tinha acontecido. Mal raiou o dia, saltou da cama e saiu correndo do quarto. Entrou na cozinha; ali estava Leopoldina, muito atarefada, preparando o café da manhã.

— Aconteceu uma coisa incrível, Leo — foi logo dizendo.

— Depois você me conta, sinhozinho. Agora estou ocupada.

Mas Antonio insistiu; era urgente, ele precisava falar.

— Muito bem — suspirou Leopoldina, enxugando as mãos no avental. — O que é que você tem a me dizer? Espero que não seja uma traquinagem sua.

Contudo, quando ouviu o excitado relato do menino, sua fisionomia ficou séria.

— Então, você também viu a Julia Feital...

— O quê? — disse Antonio, admirado. — Você já sabia dessa história?

— Toda gente sabe, sinhozinho. Seus pais também. Sua mãe nem queria vir morar aqui; seu pai é que fez questão disso. "A casa é boa", ele dizia, "eu não acredito nessas histórias de assombração".

Olhou o menino, preocupada:

— Você está assustado, sinhozinho?

Ele sorriu:

— Assustado, Leo? Não. Quando o titio me contou a história confesso a você que fiquei arrepiado, com medo. Mas agora estou ansioso por ver a Julia de novo. Ela é linda, Leo. Ela é a mulher mais linda do mundo.

Retificou:

— Quer dizer: depois de minha mãe, claro.

Leopoldina riu:

— Ainda bem que você não se impressiona com essas coisas, sinhozinho. Você é um menino valente, tem o coração puro. Mas eu lhe peço uma coisa: reze pela Julia Feital. Todas as noites, antes de dormir, diga o Credo, o Padre-Nosso e dez Ave-Marias. Talvez assim a alma da pobre moça tenha sossego. Você promete que vai fazer isso? É um ato de caridade.

Antonio prometeu. Porém não estava contente: Leopoldina, pelo jeito, não partilhava de sua admiração pela misteriosa figura. Resolveu então contar o ocorrido ao irmão. Que não se mostrou surpreso, mas sim preocupado, terrivelmente preocupado, angustiado mesmo:

— Eu já sabia, Cecéu, eu no fundo já sabia que esta casa é mal-assombrada. E não é só a Julia Feital. Outros espíritos malignos caminham à noite pelos corredores... Eles já estão nos prejudicando. A doença da mamãe piorou muito, desde que viemos para cá. Deveríamos ter ficado na fazenda, maninho. Esta aparição é mau sinal. Siga meu conselho: cuidado com as sombras da noite.

Pelo jeito, era só com o tio que Antonio podia falar sobre Julia Feital e sobre outros assuntos. E gostava de falar com João José: diferente do doutor Alves, sempre sério e reservado como convinha a um médico, tinha opiniões originais, ideias próprias. Não só opiniões ou ideias: radical, estava sempre metido em brigas políticas. Que acabavam repercutindo na casa da família Alves.

Uma noite Antonio acordou sobressaltado, ouvindo vozes exaltadas. Apurou o ouvido: era o pai, discutindo com João José. Saltou da cama e foi, pé ante pé, espiar.

Na sala de visitas estavam os pais e João José. Sobre a mesa uma urna; Antonio sabia que aquilo era usado em votações e que justamente nesse dia tinha havido uma, para algum cargo eletivo importante. João José, pelo que o garoto deduziu da conversa, tinha simplesmente roubado aquela urna. Sabia que nela seus inimigos teriam maioria de votos e decidira, dessa maneira, "corrigir" o resultado das eleições.

— O que você fez — estava dizendo o pai — é vergonhoso, mano, é uma atitude que compromete a honra de nossa família. Onde é que se viu, roubar uma urna? Isso é coisa de bandido, João José, não de um militar, de homem que se preza.

A João José a censura do irmão não importava muito. Sem se abalar, explicou que os votos depositados naquela urna eram todos falsos. Ele não estava cometendo crime algum; ao contrário, estava evitando que um crime fosse cometido:

— O fogo a gente combate com fogo, meu irmão. O que importa são os fins, não os meios. E os fins que eu persigo são justos. Quero acabar com a safadeza, quero acabar com a exploração, quero acabar com a opressão.

— Mas não dessa maneira — protestava o doutor.

— De qual maneira então, mano? — Agora João José elevava o tom da voz. — Da sua maneira? Desculpe-me, mas você não faz nada para que as coisas mudem. Você é um bom médico, um grande médico até, e eu admiro seu trabalho, mas tenho de lhe dizer: você não se importa muito com a miséria do Brasil. Até escravos você tem, meu irmão.

— E qual o problema de ter escravos? — O doutor Alves agora estava ainda mais irritado. — Todas as pessoas de posses têm os seus. Eu trato bem meus negros, João José. O Duarte, feitor da fazenda, tem ordens expressas para não castigar ninguém.

— Eu sei que você é boa pessoa — disse João José, irônico. — Eu sei que você tem bons sentimentos. Mas isso não basta, doutor. É preciso agir, mesmo que às vezes a nossa ação seja motivo de críticas. Eu faço isso, meu caro. Eu protesto contra a escravidão, contra a arbitrariedade. Você, não. Eu acho que, no mínimo, você está se omitindo. E com isso não posso concordar.

Antonio escutava, o coração batendo forte. Pela primeira vez via o pai na defensiva. E a verdade é que o garoto estava torcendo pelo tio. Assim ele gostaria de ser: corajoso, franco. Tão excitado estava que, sem querer, derrubou um pequeno vaso que estava sobre a mesa, fazendo um barulhão.

— Quem está aí? — gritou o pai. Rápido, o garoto correu a meter-se na cama. Pouco depois a porta do quarto se abriu. Era o doutor Alves; na certa vinha ver se o filho estava dormindo. Antonio fingiu ressonar. Se o pai acreditou ou não, isso ele não saberia dizer; o certo é que o doutor logo saiu, fechando a porta atrás de si.

• • •

Não, não faltavam emoções à nova vida de Antonio: as aventuras do tio, Julia Feital... Só que ela nunca mais apareceu, para desapontamento do garoto. Muitas vezes ele acordava, à noite, ouvindo ruídos estranhos; levantava-se, andava pela casa, mas nada do fantasma. Chegou a deixar bilhetinhos atrás dos móveis e das cortinas: "Apareça, por favor, Julia Feital. Preciso muito ver você". Nada. Julia não voltava. Falou de sua frustração para Leopoldina. Que pensou um pouco e deu-lhe uma sugestão:

— Acho que em vez de bilhete você deveria escrever versos.

— Versos?

— É. Versos. Dizem que a Julia Feital gostava muito de poesia. Aqui nesta casa ela organizou uma biblioteca com vários livros de poemas. Quem sabe por aí você consegue atrair a atenção dela?

Riu:

— Estou brincando com você, Cecéu. Acho que você deve simplesmente esquecer a Julia. Mesmo porque não é bom a gente se meter com fantasmas.

Apesar do conselho, Antonio estava decidido: não desistiria de rever Julia. E aquela ideia do poema era boa. Sim, ele também gostava de ouvir e de ler poesia. E se escrevesse um soneto de amor para Julia? Será que não conseguiria com isso atrair a atenção dela? Será que ela não apareceria dizendo: "Antonio, querido, ninguém me disse coisas tão lindas, estou apaixonada por você"? Seu coração se acelerava a tal pensamento.

Tentou, tentou, mas não conseguiu escrever poema nenhum. Talvez por causa da emoção que sentia cada vez que pensava em Julia, emoção esta que o deixava paralisado.

Mas não desistiria. Voltou a ler poemas, em busca de modelos que lhe dessem inspiração. Quando finalmente achou que estava no caminho, o pai veio com a inesperada notícia: iam mudar de novo. Encontrara uma casa ótima, bem grande, na qual, além de residirem, ele poderia também atender os pacientes. Que eram muitos: o doutor Alves tinha uma clientela grande e prestava vários serviços; em seus pacientes, colocava até "olhos artificiais", que "imitavam perfeitamente os naturais", segundo dizia o anúncio que mandara publicar no jornal. E prometia nada cobrar dos "que não saíssem curados".

Antonio, no entanto, não parecia partilhar do entusiasmo do pai, coisa que o médico percebeu:

— Você não está muito contente, meu filho. Não gostou da ideia da mudança?

O garoto disse que gostaria, sim, de mudar de casa. Mas a verdade é que aquilo representava o fim de seu sonho de amor, de seu primeiro sonho de amor. Logo agora, que ele estava prestes a escrever um grande e apaixonado poema...

Na noite anterior à mudança, Antonio não dormiu. Esperava que Julia aparecesse, ao menos para se despedir. No entanto isso não aconteceu. O sol nasceu, os escravos começaram a transportar os móveis, as malas: antes do fim da tarde, a mudança estava concluída. Ao sair, Antonio lançou um último olhar para a casa que fora o cenário de sua primeira, e estranha, paixão. Não pôde conter um fundo suspiro: o menino Antonio estava aprendendo o que eram as dores do amor.

A vida continuava; logo estavam surgindo novos problemas. Pouco tempo após a mudança, o doutor Alves, bem como os outros médicos da cidade, teve de enfrentar uma devastadora epidemia de cólera. A doença era muito frequente naquela época; é causada por um micróbio que se transmite pela água e por alimentos contaminados, e as condições de higiene na capital baiana, e nas cidades brasileiras em geral, naquele tempo eram muito ruins. Os doentes passavam mal, com febre, vômitos e uma diarreia que remédio nenhum controlava; muitos morriam logo nos primeiros dias. Não se conhecia a causa da enfermidade, nem havia tratamento eficaz. O doutor Alves tinha de atender a dezenas, centenas de casos, a maioria dos quais terminava em óbito. E aí houve uma briga política; os médicos que eram adversários do governo criticavam abertamente os métodos usados para combater a doença. Mas nenhum deles se dispôs a participar na ajuda aos doentes; quem fez isso foi João José. Apesar de não ser médico, estava sempre ao lado do irmão, cuidando dos doentes e das famílias, providenciando medicamentos e até enterrando os mortos.

Antonio estava assustado com tudo aquilo mas estava orgulhoso também: havia dois heróis na luta contra o cólera e esses heróis eram seu pai e seu tio, agora juntos. A motivação deles era nobre e generosa, e representava uma inspiração para Antonio. Também ele, um dia, devotaria seus esforços a melhorar a sorte dos brasileiros. Como o faria, ainda não sabia exatamente. Tinha certeza, porém, que um dia encontraria a sua bandeira de luta, se não contra a doença, então contra a injustiça, contra a opressão. E também um dia encontraria a sua grande paixão, a encarnação verdadeira da Julia Feital de seus sonhos.

• 5 •

De volta à fazenda

Tão agitada tornara-se a vida da família que Antonio mal pensava em Tião. Sentia saudades do amigo, mas não tinha como se comunicar com ele; o único modo de fazê-lo seria por carta, mas o jovem escravo não sabia ler. Poderia enviá-la para o feitor Duarte, o único alfabetizado entre os empregados da fazenda, pedindo que a lesse para Tião. Contudo não confiava naquele homem. Tinha certeza de que ele não transmitiria a mensagem a Tião, ou então o faria de maneira deturpada.

Para matar as saudades, o jeito seria rever o amigo. Finalmente surgiu uma oportunidade: o surto de cólera chegava ao fim e o doutor Alves, exausto, resolvera tirar férias junto com a família na fazenda.

Antonio recebeu a notícia com alegria. Poderia rever o lugar de que ele gostava tanto, poderia andar a cavalo, nadar no rio e, mais importante, poderia reencontrar o amigo. O que, na verdade, deixava-o inquieto: como seria esse encontro? Afinal, um bom tempo se passara e ele mudara muito; Tião certamente também teria mudado. Continuariam amigos? Ou se veriam como estranhos?

Essas perguntas continuaram atormentando Antonio durante a viagem até a fazenda. Longa viagem, naquela época em que não havia carro nem ônibus; a família Alves viajava numa grande carruagem, que tinha todo o conforto possível. Mas as estradas eram péssimas, o calor e a poeira atormentavam os viajantes, tornando a jornada difícil, sobretudo para dona Clélia, cada vez mais doente. A esperança de que o ar do campo ajudasse na recuperação era um dos motivos que os levavam para a fazenda.

Finalmente chegaram, e foi aquela emoção: ali estava o rio Paraguaçu; os morros cobertos pela mata virgem, os cactos, os umbus, os cajueiros; ali estavam os bois, no curral; e ali estava a casa modesta, rústica, mas acolhedora, como se estivesse esperando por eles. Desceram todos: o doutor Alves; dona Clélia; os filhos; a menorzinha, Amélia, então com poucos meses, nos braços de Leopoldina; os empregados. Foram recebidos pelo feitor Duarte, todo sorrisos. E foi a ele que Antonio perguntou por Tião.

Duarte não pôde conter uma reação de desagrado; nunca gostara da amizade entre os dois e agora, pelo jeito, gostava menos ainda.

— Está trabalhando. Como o menino Antonio deve saber, o Tião já tem idade para isso.

E acrescentou, com um sorriso irônico:

— É um escravo como os outros. Está lá, cuidando da horta.

Antonio insistiu: queria ver Tião.

— Leve-o até lá — ordenou o doutor a Duarte.

— É por aqui — disse o feitor, indicando, de má vontade, o caminho.

Antonio o seguiu, ansioso. E de longe o avistou, enxada nas mãos, trabalhando a terra, sob o sol forte.

Tinha mudado, o Tião. Crescera, muito mais do que Antonio; era agora um menino alto e forte, ainda que um tanto desengonçado. Antonio não pôde se conter e já de longe se pôs a gritar, emocionado:

— Tião! Sou eu, Tião! O teu amigo Cecéu!

Tião colocou a mão em pala sobre os olhos, e aí sorriu. Mas não era o sorriso sapeca de sempre; era um sorriso respeitoso, um pouco triste, até. Sempre segurando a enxada, aproximou-se lentamente, e se deteve a alguma distância de Antonio:

— Boa tarde...

Antonio estava surpreso. E frustrado. Era assim, então, que o amigo o recebia, depois de tanto tempo? Por que não o abraçava? Talvez, pensou, por causa de Duarte, que estava ali olhando os dois, com aquele sorriso irônico de sempre. Antonio optou por ignorar aquela presença para ele desagradável; mas, antes que pudesse falar com Tião, o feitor se adiantou:

— Desculpe, patrão, mas acho que o senhor deve estar cansado, depois dessa viagem tão comprida. Além disso, o senhor seu pai e a senhora sua mãe o estão esperando na casa. Melhor entrarmos, não acha?

Irritado, Antonio ia dizer ao homem que não se metesse; mas aquilo poderia criar problemas, e afinal o pai tinha vindo para descansar, não para resolver brigas do filho com o feitor.

— Depois conversamos — disse a Tião que, em silêncio, voltou ao trabalho.

Nos dias que se seguiram Antonio tentou, em vão, aproximar-se do amigo. Queria contar sobre o fantasma de Julia, sobre as proezas do tio, sobre o surto de cólera. Mas a convivência se tornara difícil. Tião trabalhava o dia todo; à noite, recolhia-se à senzala com os outros escravos. Antonio ia procurá-lo lá. Tião o recebia com a amabilidade de sempre. Mas alguma coisa não estava funcionando; os antigos laços aparentemente tinham se rompido. Conversavam, ou melhor, Antonio falava e Tião o ouvia (se bem que às vezes cabeceasse de sono). Já não era um diálogo entre amigos, era uma conversa de sinhozinho com escravo.

Antonio, muito triste, sentiu que precisava desabafar, contar a alguém o que estava acontecendo. Porém, contar a quem? O pai usava o tempo de descanso para estudar, para se atualizar, como dizia. A mãe continuava acamada, e o rapaz não queria incomodá-la. Seu irmão José Antonio, cada vez mais distante e soturno, passava os dias vagando pelo campo. Então à noite, à luz da vela, Antonio escrevia, escrevia muito, mas não mostrava a ninguém seus textos. Leopoldina era a única que o ouvia, mas não se mostrava muito receptiva às queixas:

— Está certo, sinhozinho. O Tião é um escravo e escravo tem de conhecer o seu lugar. O sinhozinho é uma pessoa culta, ilustrada. Um dia será doutor, como o senhor seu pai. O Tião é um ignorante. É com os outros escravos que ele tem de falar.

Antonio ouvia em silêncio. Talvez Leopoldina tivesse alguma razão; o fato é que ele não conseguia se conformar com aquela situação. Um dia antes de a família voltar a Salvador conseguiu, enfim, conversar com Tião. Abriu seu coração:

— Estou magoado, amigo Tião. Estou muito magoado. Veja, para mim não existe essa coisa de senhor e escravo. Você é gente, eu também sou, então somos iguais. E somos amigos, Tião. Ou pelo menos eu pensava que éramos amigos. Mas agora, chegando aqui, você me evita, você não responde quando eu falo com você. O que aconteceu, Tião? Eu mudei? Você mudou? Nós dois mudamos? O que aconteceu?

Tião, cabeça baixa, não respondia. Quando, finalmente, conseguiu encarar Antonio, estava com os olhos cheios de lágrimas.

— Eu não mudei. Eu continuo admirando você, continuo gostando de você. Mas é que...

De novo vacilou. Antonio insistiu:

— Mas, o quê? Fale, Tião! Abra para mim seu coração, como eu abri para você o meu...

Tião então contou. Desde a partida da família, a raiva que o feitor tinha dele aumentara muito. "Agora que seu amigo Antonio não está mais aqui, vou botar você nos eixos", dissera.

De fato, apesar de criança ainda, Tião foi obrigado pelo feitor a trabalhar duro, roçando o mato, ordenhando cabras e vacas, varrendo o terreiro. E era castigado diariamente, não raro com chicotadas brutais. Mostrou as costas, com várias cicatrizes. Antonio ficou indignado:

— Isso é uma barbaridade, Tião! Vou falar com meu pai. Ou esse feitor trata você direito, ou ele vai embora daqui!

— Não! — Tião que, como Antonio, estava sentado, pôs-se de pé num pulo. — Não faça isso. Para o seu pai, o Duarte dirá que está bem, que não me castigará mais. Mas, assim que vocês forem embora, eu pagarei o pato, como aconteceu da outra vez. Esse homem não quer que eu me aproxime de você. Não tenho outro jeito senão obedecer.

Tão assustado estava, que Antonio ficou impressionado:

— Está bem, Tião. Vou lhe dizer o que faremos. Pedirei a meu pai que fale com o Duarte, que reforce a ordem para não baterem mais nos escravos. O seu nome não será mencionado. Está bem assim?

Tião fitou-o, agradecido:

— Sim, acho que assim está bem. Eu o agradeço, sinhozinho.

— Mas você vai me fazer um favor, Tião.

— Eu? — Tião estava surpreso. — Que favor eu poderei lhe fazer?

— Não me chame mais de sinhozinho. Nunca, nunca mais. Eu não sou seu sinhozinho. Sou seu amigo, sou o Antonio, sou o Cecéu.

Tião suspirou, sacudiu a cabeça:

— Eu queria que fosse assim. Bem que eu queria que fosse assim. Mas não é: você é branco, eu sou negro. Você é filho de um doutor, você estuda; eu sou um escravo. Você vai voltar para sua casa na capital, eu vou ficar aqui, trabalhando na fazenda...

Antonio agora tinha a voz embargada de emoção:

— Isso para mim não faz diferença, amigo. Mesmo que eu esteja longe você sempre poderá contar comigo.

— Como? — Tião, com um sorriso triste.

— Mande uma carta. Será uma alegria para mim.

— Mas eu não sei escrever...

Verdade: Antonio tinha esquecido disso.

— Não tem importância. Eu tratarei de saber como você está. Eu sempre lembrarei de você, Tião, sempre. Juro por tudo que é mais sagrado: somos amigos e vamos continuar amigos.

Estendeu a mão, que Tião apertou, a princípio timidamente, e logo vigorosamente, sorrindo, ainda que fosse um sorriso triste, o dele:

— Obrigado, senhor Antonio. Muito obrigado. Eu...

— "Senhor Antonio"? "Senhor Antonio"? Quem é o senhor Antonio, Tião? De novo você está me magoando. Eu não sou o sinhozinho, eu não sou o senhor Antonio. Eu sou o Cecéu, meu amigo. Diga: Cecéu.

— Cecéu.

— Amigo Cecéu.

— Amigo Cecéu.

— Isso. E você não precisa me agradecer. Amigo é para ajudar amigo. Eu ajudarei você sempre que puder.

Despediram-se com um abraço emocionado. No dia seguinte a família Alves voltou para a capital. Ali encontraram João José. Ameaçado de morte por um desafeto, João José resolvera passar uns dias na casa do irmão.

Antonio ainda tinha presente a conversa com Tião. Precisava desabafar com alguém, e foi para o tio que contou o acontecido na fazenda. João José o ouviu atentamente, depois suspirou:

— Isso é o pior lado da escravatura, Cecéu: o escravo termina por se conformar, por aceitar sua situação. E nós acabamos acreditando que somos mesmo criaturas superiores, que temos poder de vida e morte sobre essa pobre gente. O Duarte é igualzinho a qualquer outro feitor. E o coitado do Tião vai ser vítima dele.

— Mas o que é que a gente pode fazer? — Antonio se sentia cada vez mais angustiado.

— Só há um jeito de resolver esse problema: é acabar com a escravidão. A escravidão é uma mancha, Cecéu, uma mancha em nosso país.

— Mas como é que a gente vai acabar com a escravidão, se até papai tem escravos?

— É diferente, Cecéu. Ele já recebeu essa fazenda com escravos. Não precisa disso; ele é médico, ganha bem com a profissão. No entanto existem muitas pessoas que enriquecem à custa dos escravos. Os fazendeiros, e os políticos, que são amigos deles, estão interessados em manter as coisas como estão, em não mudar nada. Quem pode mudar são pessoas como você. Prometa a seu tio que, quando você crescer, vai lutar para acabar com a escravidão. Prometa.

Antonio prometeu embora, no fundo, se perguntasse: o que aconteceria a Tião nesse meio-tempo? Poderia o amigo esperar pelo fim da escravidão?

Havia outras coisas em que pensar, porém. Era preciso continuar os estudos. O doutor Alves fazia questão que os filhos frequentassem os melhores colégios. Primeiro os matriculou no colégio Sebrão; mais tarde, transferiu José Antonio, Antonio (então com onze anos) e o pequeno Guilherme para o recém-criado Ginásio Baiano, dirigido por Abílio Cesar Borges.

Homem culto, inteligente, sensato, o doutor Abílio era um grande educador. Tinha ideias próprias, e originais, sobre ensino. Naquela época a escola era um lugar de repressão, de castigo: era assim que se procurava disciplinar as crianças. No Ginásio Baiano era diferente, como proclamava o doutor Abílio:

— Aqui eu não quero palmatória.

A palmatória servia para punir alunos inquietos ou desobedientes. Era uma espécie de disco de madeira com um cabo, com o qual se batia na palma da mão do transgressor. Era um símbolo, tanto que a expressão "dar a mão à palmatória" até hoje significa reconhecer a própria culpa e aceitar punição.

Mas no Ginásio Baiano palmatória não entrava. E o diretor Abílio não ficava nisso. No ensino dos idiomas, por exemplo, dava preferência ao inglês e ao francês, cuja utilidade era mais imediata. O latim, obrigatório então, ficava para depois. Ou seja: era, para a época, um ensino revolucionário, e o garoto Antonio estava entusiasmado. Foi quando sofreu um rude golpe.

A morte da mãe

Dona Clélia vinha doente havia muito tempo; a enfermidade aos poucos consumia seu corpo que, no fim, estava reduzido a pele e osso. Os médicos todos estavam de acordo: era um caso perdido, e a morte poderia ocorrer a qualquer momento. Mesmo assim foi um choque para o doutor Alves e para seus filhos. O pequeno Guilherme chorava sem parar, mas quem mais sofreu foi José Antônio, que mergulhou num desespero profundo. Não dormia, não comia, não falava com ninguém, vagueava pela casa como um fantasma; por fim, no auge de seu sofrimento, tentou se matar, jogando-se de uma janela. Muito machucado, ele teve, por sua vez, de ser cuidado; o doutor Alves e Antonio estavam sempre junto dele.

— Seu irmão é dessas pessoas frágeis, que não conseguem enfrentar a vida — dizia o médico. — Temo muito por ele.

Fez Antonio prometer que nunca abandonaria o irmão:

— Eu sei que deveria ser o contrário, Cecéu. Ele é o mais velho, ele é quem teria de cuidar de você. Mas, acredite, ele será sempre uma criança assustada diante da vida. Você, não. Você é mais jovem, mas sabe o que quer, você é corajoso, lutador. É por isso que lhe peço: ajude o José Antonio.

— Eu vou fazer isso, papai — disse Antonio, entre soluços. — E vou estar sempre a seu lado, ao lado de Guilherme. Nunca esquecerei a mamãe.

Não esqueceu mesmo. Anos depois lembraria a agonia dela no poema "A órfã na sepultura":

Sentei-me junto ao teu leito,
'Stava tão frio o teu peito,
Que eu fui o fogo atiçar.
Parece então que me viste
Porque dormindo sorriste
Como uma santa no altar.

Das sombras do passado a imagem da mãe continuaria a lhe sorrir.

Nasce um poeta

Aos poucos, a vida retomou o curso. Como dizia o doutor Alves, era preciso ter coragem, seguir em frente. Os dois irmãos retornaram ao Ginásio. O doutor Abílio foi de muita valia para eles; acolheu-os, ajudou-os. Conversava muito com ambos; sabendo do gosto deles pela leitura, emprestava-lhes livros, obras poéticas sobretudo, que deixavam Antonio particularmente extasiado: era um universo mágico, aquele. Lia tanto autores brasileiros como estrangeiros, estes frequentemente no idioma original. Gostava especialmente dos franceses, naquela época muito apreciados entre as pessoas cultas. Estes poetas — Victor Hugo, por exemplo — eram românticos; a poesia deles falava de amores sublimes, falava da paixão pela natureza. Antonio era também um bom tradutor; conseguia verter para o português até poemas em latim, o que deixava seus professores admirados.

Familiarizado com a maneira de escrever poesia, experimentaria agora, ele próprio, tornar-se poeta. Inspiração não lhe faltava: Julia Feital continuava presente em sua lembrança, volta e meia sonhava com ela; mas queria escrever sobre outros temas. E teria oportunidade para mostrar seu talento, graças a uma iniciativa do professor Abílio: em comemorações festivas, como o Sete de Setembro, os alunos eram convidados a declamar seus próprios poemas no pátio da escola. Havia até um pequeno palanque especialmente feito para isso.

Naquele palanque o Antonio de Castro Alves fez sua estreia como poeta. Tinha então treze anos. Seus primeiros versos foram uma homenagem ao homem que tanto admirava: o professor Abílio. Em seu poema, via no mestre uma figura mais importante do que Aníbal, o general de Cartago, ao norte da África, o qual no século terceiro antes de Cristo quase derrotara o poderoso Império Romano. Ou mais importante que Napoleão Bonaparte, que conquistara boa parte da Europa. Os versos de Castro Alves falam em loiros, ou louros, aquelas folhas que na antiguidade ornavam a fronte dos chefes vitoriosos:

Os teus louros têm mais vivo fulgor,
Que os ganhos ao ribombo do canhão;
Que os de um Aníbal, d'um Napoleão,
Alcançados das mortes entre o horror.

Foi o maior sucesso: o poema arrancou aplausos delirantes dos alunos, dos professores. O professor Abílio estava emocionado, e não só por causa dos elogios: dava-se conta de que sua previsão estava certa. Sim, aquele menino era um poeta, um verdadeiro poeta. Foi o que disse a outros professores:

— Esse rapaz, meus amigos, tem a fascinação da palavra. Para ele poesia é como música, só que substitui as notas musicais por palavras. Tomem nota do que estou dizendo: um dia o Brasil vai ouvir Antonio de Castro Alves. E vai ouvi-lo com a emoção e o respeito que devemos aos grandes poetas.

Não era opinião só dele: no colégio, todos, professores e alunos, reconheciam e aplaudiam a vocação poética do jovem Antonio.

Havia, porém, uma pessoa que não estava gostando daquilo: o pai.

O doutor Alves tinha outros planos para o filho. Queria que fosse médico, que desse continuidade a seu trabalho, que tomasse conta da clínica. Ora, não era isso que estava vendo. Cecéu não lhe perguntava acerca dos pacientes, das cirurgias, não tinha a menor curiosidade de saber como funcionava uma sala de operações. Entusiasmara-se durante o surto de cólera, mas esse entusiasmo resultava mais do esforço heroico que o pai e o tio haviam feito; nada tinha a ver com o cuidado dos pacientes. Medicina simplesmente deixava-o indiferente, e isso doía muito ao doutor Alves.

O pai um dia mandou chamá-lo ao consultório, um lugar amplo, com altos armários cheios de livros médicos. Nas paredes, emoldurados, os vários diplomas e títulos que o doutor havia recebido. Num canto, um esqueleto pendurado de um suporte, ao qual o doutor Alves recorria quando precisava explicar alguma doença ou lesão a um paciente. Útil, mas tétrico.

— Sente-se — ordenou, no tom polido, mas enérgico, que costumava usar com seus pacientes.

Antonio se sentou. Por longos minutos o pai ficou a olhá-lo em silêncio. O coração de Antonio batia forte; sentia que aquela conversa seria muito séria, muito importante e também muito tensa. Finalmente o doutor Alves falou:

— Sei que você está escrevendo poesia, Cecéu. E poesia muito boa, segundo o professor Abílio. Isso me deixa muito orgulhoso. Você sabe que sou um homem das artes, da cultura.

Verdade: a biblioteca do doutor Alves era das maiores da cidade. Ele também tinha, segundo se dizia, a maior coleção de quadros do Brasil; havia inclusive fundado, com amigos, a Sociedade de Belas Artes, para promover artistas.

— Mas a vida, filho, não é feita só de cultura, a vida não é feita só de arte ou de poesia. A vida é luta, é preciso ganhar o nosso sustento. Eu só pude comprar quadros e livros porque ganho bem como médico. Você vai crescer, vai se tornar homem. Você precisará ter uma profissão, porque, sem profissão, não somos nada. E é sobre isso que quero falar com você. Você não está pensando em se tornar poeta, está?

Antonio não respondeu.

— Porque — continuou o pai —, se é esse o seu plano, você está cometendo um erro, meu filho. Um erro terrível, a respeito do qual eu tenho de adverti-lo. Poesia não é profissão, Antonio. Não neste país, pelo menos. O Brasil é um país de analfabetos. Pouca gente lê, pouca gente pode comprar livros. Poetas são candidatos a morrer de fome e eu não quero isso para você.

Uma pausa, e continuou:

— E há coisas mais importantes que poesia. A doença é uma delas. Você sabe disso; você viu o sofrimento de sua mãe, você sofreu também. Mas doença faz parte da vida, filho. Muita gente adoece, muita gente precisa de cuidados. Para isso existem os médicos. Eu quero que você seja médico. Que curse medicina, que se forme, que tenha um diploma e uma profissão. Que continue a minha carreira.

Nova pausa, e prosseguiu:

— Você pode perguntar: "E meu irmão, ele não deveria também cursar medicina?". Bem que eu queria, Antonio. Ter dois filhos médicos, ou três, se o Guilherme também seguir a profissão, seria a minha glória. Mas o José Antonio não será médico. Infelizmente. Ele próprio é doente, sofre das faculdades mentais. E o Guilherme ainda é criança, tem um longo caminho a percorrer. Minhas esperanças, portanto, estão em você. Não me decepcione, Antonio. Diga que vai fazer o que eu estou lhe pedindo. Diga: "Prometo, papai, que não vou mais escrever versos".

Cecéu, porém, ficou em silêncio.

— Você não vai prometer? — insistiu o pai, agora visivelmente ansioso.

O rapaz vacilou um instante e por fim criou coragem:

— Não, papai. Não posso prometer algo que não cumprirei. Fazer poesia é muito importante para mim. Tão importante quanto é para o senhor praticar medicina.

O pai o olhou, sombrio:

— Você está enganado. Completamente enganado. E esse engano pode lhe custar caro. Não quero o meu filho sem profissão, escrevendo poemas sem saber se alguém vai publicar ou não. Como seu pai, tenho obrigação de proteger você, inclusive contra seus próprios erros.

Levantou-se:

— Por enquanto, vamos deixar assim. Afinal, você ainda é um menino, ainda está no colégio. Mas comece a pensar na Faculdade de Medicina. É um pedido que eu lhe faço. Não me obrigue, Cecéu, a transformar esse pedido numa ordem.

Consultou o relógio:

— Agora você vai me desculpar, mas tenho pacientes para atender. Pacientes que precisam de mim, e que um dia precisarão de você também. Este consultório um dia será seu. Você estará sentado na cadeira, orientando pessoas a combater a doença e a manter a saúde. Essa será a sua missão, como é a minha.

Uma declaração que não admitia contestação. Antonio se levantou e ia sair, quando o pai o chamou:

— Cecéu.

Ele se voltou, os olhos cheios de lágrimas.

— Dê um abraço em seu pai.

Num impulso, o garoto abraçou-o. E depois saiu.

· 8 ·

Difícil decisão

A conversa deixou Antonio muito triste. Amava o pai, respeitava-o; a última coisa que desejaria no mundo era contrariar o homem a quem, afinal, devia a vida, o homem que cuidara dele (inclusive nas doenças), o homem que o embalara para dormir, que lhe ensinara tanta coisa. Mas, dava-se conta agora, o pai era uma pessoa, ele era outra. Até então fora uma espécie de prolongamento do doutor Alves, e sempre se orgulhara disso.

Agora as coisas haviam mudado. O pai fizera um pedido; mas atender a esse pedido significava abrir mão dos seus próprios sonhos, os sonhos de se tornar um poeta. Não se tratava de uma ação autoritária, de uma ordem; o doutor Alves tinha suas razões. Era um apaixonado pela medicina, e esperava que Antonio também o fosse. De fato, o rapaz admirava a profissão médica, a luta contra o sofrimento, contra a morte. Às vezes via o pai chegar de manhã, exausto, depois de ter passado a noite operando ou fazendo um parto. Comentava essas coisas com amigos, com colegas, e às vezes a emoção até lhe embargava a voz. O pai era um médico e também um grande ser humano.

Mas isso tudo, o orgulho que sentia, não se traduziam em uma vocação ou inclinação profissional. Não queria seguir o caminho do pai porque medicina não era algo que o deixasse entusiasmado. O que o empolgava *mesmo* era a poesia. As obras dos grandes poetas o arrebatavam, levavam-no às lágrimas. Será que o pai compreendia isso? Pelo jeito, não.

Antonio se sentia confuso, desamparado. Precisava conversar com alguém. Quem? A mãe já não estava ali para ouvi-lo e, mesmo que estivesse, ele não lhe falaria a respeito; quando ainda vivia, por causa da doença, e até por recomendação do pai, evitara incomodá-la com problemas.

José Antonio, então? Talvez. Afinal, era seu irmão. Uma pessoa em que poderia confiar, e mais, que partilhava sua paixão pela poesia. Mas era difícil conversar com José Antonio, que, sempre distante e alheado, cada vez falava menos. Doença, de fato; uma doença na qual ia se afundando como num atoleiro. E havia ainda Guilherme, de quem Antonio gostava muito, mas que era muito pequeno para entender o que estava se passando.

Ah, se Tião estivesse ali. Muitas vezes Antonio pensava no amigo, imaginava-se conversando com ele. Tião, estava seguro disso, compreenderia seu dilema, poderia até aconselhá-lo sobre o que fazer. Mas Tião estava longe, Tião enfrentava seus próprios problemas.

Que outras pessoas poderiam ajudá-lo? Pensou no tio. Com sua rebeldia, João José certamente apoiaria o sobrinho. Porém, como encontrá-lo? Sempre às voltas com inimigos, andava sumido. Nem mesmo o doutor Alves sabia do paradeiro dele, e também não queria saber:

— É um homem adulto, responsável por seu destino. Não me consulta para nada, não me dá satisfações. Nem eu as peço.

Por uma dessas inexplicáveis coincidências, contudo, João José de repente reapareceu: alegre, despreocupado, como se nada tivesse acontecido. Na primeira oportunidade Antonio contou-lhe a conversa que tivera com o pai.

A reação de João José foi surpreendente. Antonio tinha certeza de que ele diria qualquer coisa do tipo "não tema, meu sobrinho, siga o seu próprio coração", mas não foi isso o que aconteceu. O tio ouviu-o em silêncio, e em silêncio continuou depois que Antonio terminou o desabafo.

— E então? — perguntou Antonio.

— Então, o quê?

— O que o titio me diz?

João José suspirou:

— O que posso lhe dizer, Cecéu? Seu pai não deixa de ter razão. Poesia é vocação, é coisa de gênio, mas poesia não é bem profissão. Medicina é. Médicos têm uma profissão respeitável. Médicos podem ganhar um bom dinheiro. E, no seu caso, há mais uma razão: seu pai quer você ao lado dele. Não é um pedido absurdo. Você sabe que existem muitas famílias assim, em que a profissão vai passando de pai para filho. Medicina é um exemplo disso. Existem verdadeiras dinastias médicas aqui no Brasil. E várias funcionam muito bem.

Antonio estava desapontado, magoado mesmo. Onde estava o admirável lutador que ele conhecia? O homem que combatia o poder em todas suas formas, esse homem estava mencionando dinastias? Que absurdo! Como que adivinhando seus pensamentos, João José sorriu:

— Eu não disse aquilo que você queria ouvir; sei disso. O que eu disse é aquilo que você precisa ouvir, coisas que a vida me ensinou. A gente aprende, Cecéu. A gente muda, e eu sou um exemplo disso. Até há pouco eu era um revolucionário extremado, desses que estão sempre pensando em incendiar tudo, que compram briga com Deus e todo mundo. Tive até de me esconder para não ser morto. Esse período em que fiquei sumido foi muito bom para mim. Tive muito tempo para pensar. E, depois de pensar bastante, concluí: incendiar o mundo não resolve nada. Estou sempre brigando, sempre às voltas com ameaças. Para quê? A quem estou ajudando, com isso? Seu pai é mais útil para a humanidade do que eu. Discutimos muito, mas sou obrigado a reconhecer: ele é um homem sensato, ponderado, auxilia de fato as pessoas; quando fala a gente tem de ouvir. E acho que no seu caso ele não deixa de ter razão.

O diálogo deixou Antonio ainda mais confuso e insatisfeito. Um dia, ao chegar à escola, encontrou o diretor, que o deteve:

— O que há, Antonio? Você me parece atormentado, rapaz...

Antonio tentou aparentar despreocupação, mas o doutor Abílio insistiu e ele acabou confessando: estava, sim, com problemas.

— Venha falar comigo — disse o diretor.

Depois das aulas, Antonio foi procurá-lo no gabinete, atulhado de livros. E aí, criando coragem, contou o que se passava, o dilema que estava vivendo. O doutor Abílio ouviu-o atentamente. Depois levantou-se, e se pôs a andar de um lado para o outro, na ampla sala. Deteve-se, ficou olhando para a janela. Finalmente, voltou-se para o jovem:

— Uma coisa é certa, Antonio: você tem a vocação do poeta. Do grande poeta. Acho que deve continuar fazendo poesia. Mas não só poesia.

Mirou atentamente o rapaz:

— Será bom que você tenha uma profissão, Antonio. Seu pai quer que você seja médico, você diz que não quer. Tem certeza disso?

Antonio pensou um pouco.

— Certeza absoluta — disse, por fim. E prosseguiu, agora assombrado com sua própria franqueza: — Uma certeza que eu, aliás, acabo de confirmar. A pergunta que o senhor me fez foi fundamental para isso. Eu tive de sondar meu coração e concluí, mais uma vez, e desta vez é definitiva: não quero ser médico e pronto.

— Bem — disse o professor —, se é assim, melhor pensarmos em alguma outra coisa.

Discutiram as possibilidades que, naquele tempo, não eram muitas. As chamadas profissões liberais se restringiam à medicina, engenharia, direito. Uma outra opção era o sacerdócio. Era normal, nas famílias, que um dos filhos se tornasse padre: um primo de Antonio estava se preparando para entrar no seminário.

— Advocacia é uma boa possibilidade — ponderou o diretor. — Sobretudo para alguém que se expressa tão bem com as palavras. E que tem o senso da justiça, do certo e do errado, do moral e do imoral. O seu caso.

Antonio não estava convencido. Mas o professor não deixava de ter suas razões. Além disso, se cursasse uma faculdade, mesmo não sendo a que o pai queria, evitaria muitos problemas. Uma vez formado, decidiria sobre o próprio futuro. Saindo dali, foi direto ao consultório e comunicou ao pai a decisão de cursar direito.

O doutor Alves não ficou muito contente: o filho não seguiria seus passos, não seria médico como sonhara. Mas direito era uma profissão muito valorizada. E era o que José Antonio tinha decidido fazer também, depois de hesitar longamente entre engenharia e direito: já naquela época a escolha da profissão era uma coisa complicada... Com a escolha, os dois irmãos poderiam estudar juntos, trabalhar juntos no futuro.

— Muito bem, filho. Aceito sua ponderação. E, já que você não será o grande médico que eu esperava, desejo então que você seja um grande advogado.

9

No Recife

Os dois irmãos deveriam estudar na famosa Faculdade de Direito do Recife. A viagem para a capital pernambucana era longa e, por terra, complicada e arriscada. Melhor fazê-la de navio; assim, em março de 1862, José Antonio e Cecéu embarcaram no *Oiapoque*, navio que fazia navegação costeira. A despedida foi emocionada; os dois irmãos estavam deixando a casa paterna para morar numa cidade distante, onde teriam de tomar conta de suas próprias vidas.

— Isso é muito bom — garantia o doutor Alves. — Vocês se tornarão independentes, vocês ficarão homens.

Em Recife, os dois fariam o chamado Curso Anexo: um ano de aulas preparatórias para a Faculdade de Direito. Mas antes tinham de tomar providências práticas, a primeira das quais era achar um local onde residir. Por algum tempo se hospedaram no convento de São Francisco; conventos, naquela época, costumavam receber hóspedes. Depois foram para uma república, isto é, uma casa em que moravam vários estudantes.

Para Antonio, aquilo foi uma oportunidade de fazer novas amizades, de abrir horizontes. De maneira geral, os jovens da república, procedentes do interior ou de outras cidades, eram de famílias com boa situação financeira. Gente inteligente, informada, esclarecida. Muitas vezes se reuniam, na república ou fora dela, para tomar alguma coisa, jogar bilhar ou trocar ideias. Havia muito o que discutir; o Brasil passava por um período de grandes transformações, no longo reinado de Dom Pedro II. A época era de relativa prosperidade; o país exportava muito café, entrava dinheiro do exterior. Surgiam novos empresários, como Irineu Evangelista de Sousa, barão de Mauá. Ousado, e de grande visão, Mauá investia seu dinheiro em um grande número de empreendimentos: navios, estradas de ferro, comunicações telegráficas, bancos. Ele era o exemplo de uma nova mentalidade que, esperava-se, arrancaria o Brasil do atraso e o lançaria no caminho do progresso.

Em meio a esse otimismo, havia um grupo que não estava contente: os traficantes de escravos que, desde o começo do século, viam seu negócio ameaçado. A ameaça partia da Inglaterra, que era então a grande potência. Com a crescente industrialização, aquele país já não precisava tanto de escravos, precisava de operários, e por isso abolira a escravidão. Mais: tratou de convencer, e até de obrigar, outros países a fazer o mesmo. Entre esses países estava Portugal, tradicional aliado da monarquia inglesa. O rei Dom João VI teve de firmar um tratado se comprometendo a abolir gradualmente a escravatura. Com a independência, o Brasil assinou um tratado semelhante. Mas tais medidas ficavam só na intenção, o que irritava muito os governantes ingleses. Em 1850 foi promulgada uma lei contra o tráfico, que levou o nome do então ministro da Justiça, Eusébio de Queirós; essa sim, foi cumprida. Mesmo assim, ainda havia mais de um milhão de escravos no Brasil. Para libertá-los, iniciou-se uma campanha abolicionista que foi objeto de muita discussão e até de conflitos.

Em sua maioria, os estudantes da república eram contra a escravidão; mas havia exceções: era o caso de Fagundes, o filho de um rico proprietário de terras de Pernambuco. Ele só morava ali por exigência do próprio pai, que, desgostoso com a arrogância do filho, pretendia acostumá-lo ao convívio com outros jovens, inclusive mais pobres. O jovem Fagundes se considerava, contudo, um aristocrata, um ser superior, e fazia questão de demonstrar isso: vestia-se com apuro, gastava muito dinheiro e oferecia aos amigos (que não eram muitos) festas regadas a champanhe. Como dizia aos colegas da república, para ele o mundo estava dividido em duas categorias: os superiores e os inferiores. Superiores eram os brancos, inferiores eram os negros:

— Eles na verdade estão abaixo da espécie humana. São criaturas que não evoluíram. E nós, os brancos, fazemos a eles um grande favor. Nós os disciplinamos, nós os introduzimos à vida civilizada. Se não fosse por nós, eles estariam lá na selva da África, sendo comidos pelos leões. Ou se matando uns aos outros. E depois, convenhamos: o Brasil precisa de escravos. Quem é que vai plantar, quem é que vai colher? Você, Antonio? Você não foi feito para isso. Você gosta de desenhar, de escrever poemas. Você sabe que eu admiro seu talento, mas lhe faço uma pergunta: você conseguiria escrever se tivesse de manejar a enxada o dia inteiro? Não, nós não fomos feitos para isso. Olhe suas mãos, Antonio. Mãos bonitas, unhas bem cuidadas. Você estragaria suas mãos na roça? Claro que não.

Essas conversas deixavam Antonio furioso, sobretudo por causa do sorriso de superioridade de Fagundes.

— Esse sujeito é repulsivo — queixava-se ao irmão.

— Às vezes chego até a pensar que deveríamos morar em outro lugar.

José Antonio se limitava a ouvi-lo em silêncio; quando Antonio perguntava sua opinião a respeito de Fagundes, ele simplesmente dizia:

— Você tem de escrever, Cecéu. O resto é tolice.

Antonio não achava que sua briga com Fagundes fosse tolice; ao contrário, via nela a manifestação de um conflito que o país teria de solucionar, se quisesse ir para a frente. Mas o conselho do irmão era válido; ele tinha de escrever. E escrevia. Escrevia muito. Poemas de amor, sobretudo. A lembrança de Julia Feital continuava a persegui-lo; sabia que a visão que tivera fora um sonho, mas ela se tornara para ele um símbolo, o símbolo da grande paixão que um dia ele viveria, embora o cenário em que escrevesse não fosse dos mais bonitos.

A república dos estudantes ficava na rua do Hospício. Ali, num grande e sombrio casarão, eram internados doentes mentais. Os chamados "loucos furiosos" ficavam trancados em celas, não raro amarrados em camisas de força, uma vestimenta que os imobilizava; os outros, "loucos mansos", tinham mais liberdade e podiam até caminhar pela rua. Antonio os mirava com curiosidade e pena; mas a visão daquelas pessoas o incomodava, algumas de olhar desvairado, outras falando sozinhas. Havia um homem velho, de longas barbas brancas, que perambulava pelas redondezas numa bata rasgada, de pés descalços, gritando sem parar: "O fim está próximo! Arrependei-vos, pecadores!".

Aquelas figuras não passavam despercebidas aos estudantes. Fausto, que cursava medicina, revoltava-se: achava que os doentes deveriam ter um tratamento mais humano. Citava o exemplo de Pinel, psiquiatra francês que, durante a Revolução, nos hospícios, libertara os loucos das correntes que os aprisionavam. Já Fagundes, talvez para incomodar os colegas mais liberais, afirmava, categórico:

— Essa gente deveria morrer o mais rápido possível. Ficam aí comendo, ocupando espaço, exigindo cuidados. Para quê? Para nada.

O único que não participava dessas discussões era José Antonio. Não que o assunto não lhe interessasse; a doença mental o fascinava. Mas ele parecia ter mais afinidade com os loucos do que com os colegas. Ficava a olhá-los da janela, chamava-os, conversava longamente com eles.

— Esquisito, esse seu irmão — dizia Fagundes, e essa observação tinha razão de ser. José Antonio tinha hábitos estranhos; passava horas mirando o retrato, feito por algum artista, de uma mulher desconhecida. Antonio acabou por perguntar quem era. O irmão hesitou, mas por fim respondeu:

— É o grande amor da minha vida, a mulher por quem espero ardentemente.

— Mas você nem sabe quem é! — assombrou-se Antonio.

— Não importa — respondeu José Antonio, agora exaltado. — Não importa quem ela é, não quero nem saber se existe ou não. Ela existe na minha mente, como Julia Feital existiu na sua. É a mulher dos meus sonhos, e nunca a trocarei por outra, nunca. E, se você não quiser brigar comigo, respeite a minha paixão.

Antonio preferia não prolongar essas discussões. O irmão era para ele uma fonte constante de preocupação. José Antonio era um rapaz desamparado, que mal podia tomar conta de si próprio. E aquela história de conversar com os loucos... Talvez devessem mesmo se mudar. Antonio via duas razões para tanto: a incômoda presença do Fagundes e a própria rua do Hospício, que, à noite, mal iluminada, era particularmente assustadora. Nas sombras, moviam-se vultos que ora cochichavam, ora gritavam, ora soltavam gargalhadas histéricas: os loucos. Antonio, que às vezes voltava tarde, apressava o passo. Não tinha medo, mas não gostava daquele lugar.

10

Encontro inesperado

Uma noite, passava das dez, Antonio regressava à república. Fazia muito calor; o céu estava carregado, prenunciando uma tempestade. A rua parecia deserta e ele caminhava apressado, quando de repente teve a sensação de que estava sendo seguido. Voltou-se, rapidamente, mas não viu ninguém. Continuou a caminhar e de novo foi assaltado pela mesma sensação, dessa vez tão forte que ele teve certeza: alguém o seguia. Um assaltante? Provavelmente não; um assaltante já o teria atacado. Deve ser um dos louquinhos, pensou, e seguiu caminho. Já estava próximo ao casarão, cuja entrada era iluminada por lampiões, quando ouviu alguém chamá-lo. Dessa vez não era só impressão; alguém estava, sim, chamando-o, em voz baixa, ansiosa.

— Cecéu! Aqui, Cecéu!

Surpreso, emocionado, ele reconheceu a voz:

— Tião? É você, Tião?

— Sou eu mesmo, Cecéu. E preciso falar com você. Preciso muito falar com você.

— Mas onde é que você está? Venha para cá, rapaz!

— Não, Cecéu. Não. Tem luz aí, tem gente entrando e saindo, e eu não quero ser visto. Venha você aqui.

Detrás de uma árvore, um vulto lhe fazia sinais. Antonio correu até lá: era o Tião, o seu amigo Tião. Mas teve um choque: mesmo à débil luz pôde ver que a aparência do rapaz era de fazer dó. Tião estava magro, esquelético, quase. Roupa em farrapos, estava sem sapatos. Aliás, na fazenda, andava sempre descalço, como quase todos os escravos. Uma figura lamentável; mas era o Tião, o seu amigo de sempre, e Cecéu abraçou-o com efusão:

— Vamos entrar — disse, apontando a casa. — Você vai tomar um banho, vai vestir roupas decentes, vai comer. E depois vai me contar o que aconteceu.

Tião, porém, recusou:

— Não, Cecéu, não. Ninguém pode me ver. Eu fugi, Cecéu. Fugi da fazenda. Sou um negro fujão, e há uma recompensa para quem me denunciar.

Estava assustado, coisa que Antonio bem podia entender: fugir era, para um escravo, um crime, que colocava até sua vida em risco.

— Fugi — prosseguiu Tião — porque eu não aguentava mais aquele homem, aquele feitor, o Duarte. Ele me castigava diariamente, ele me chicoteava...

— Espere um pouco — interrompeu Antonio. — Você disse que o Duarte chicoteava você? Mas meu pai havia dado ordens para que...

Tião riu, amargo:

— Seu pai deu ordens? E você acha que ele respeitava as ordens de seu pai? Na frente do doutor, o Duarte era uma santa criatura. Mas depois mostrava as garras. E o pior nem era o castigo, o pior era a humilhação. "Negro sujo", era como ele me chamava. "Negro sujo, vem cá, limpa minhas botas." "Negro sujo, vem cá, tira esse esterco de vaca daqui." E eu limpava as botas dele e tinha de remover o esterco... com as mãos,

Cecéu. Mas mesmo assim eu não pensava em fugir. Porque não tinha para onde ir, sabe? Não tinha para onde ir. Mas aí descobri que existe, sim, um lugar para gente como eu, um lugar onde posso me refugiar.

Antonio olhou-o, desconfiado. Estaria regulando bem, o Tião?

— Verdade? E que lugar é esse?

O rosto do amigo se iluminou:

— É um lugar abençoado, Cecéu. E é por isso que vim procurá-lo: preciso de sua ajuda para chegar lá. Quem me falou desse lugar foi um preto muito velho, o tio Chico. Lá na fazenda dizem que é caduco, mas, para mim, é um homem que sabe das coisas. Pois o tio Chico me disse que existe, nesse sertão, um lugar onde os negros, fugidos da escravidão, encontram paz e sossego. Chama-se Palmares, sabe? Em Palmares os negros são livres. Não têm dono. Não existe feitor. Ninguém os chicoteia, ninguém os humilha. Há paz, há justiça. Todos trabalham, e trabalham felizes, porque sabem que é para o bem da comunidade. E então eu decidi: é para esse lugar que eu quero ir. Quero viver em Palmares. Só que o tio Chico não sabia me dizer como chegar lá. Sabia que fica em terras de Pernambuco. Falou em Pernambuco, eu lembrei de Recife, lembrei de você. O Cecéu vai me ajudar a chegar a Palmares, pensei. E assim uma noite fugi. E vim caminhando, caminhando em direção ao norte. De vez em quando passava por uma fazenda; os escravos, às escondidas, me davam comida, me indicavam a direção de Recife. Finalmente cheguei. Não foi difícil encontrar esta casa: ouvi seu pai dizendo que você estava morando perto do hospício... Agora quero o seu auxílio para chegar a Palmares. Tenho certeza, Cecéu, de que lá começarei uma nova vida.

Ajoelhou-se diante dele:

— Ajude-me, amigo. Por favor, me ajude.

Surpreso e consternado, Antonio obrigou-o a levantar-se:

— Mas você não sabe — perguntou — que Palmares não existe mais?

Tião mirou-o, testa franzida, sem entender:

— Não existe mais? Como assim, não existe mais?

— Não existe mais, Tião. Palmares foi invadido e destruído pelas tropas. Isso foi há mais de um século.

— Mas o preto velho...

— O preto velho estava falando de um sonho, Tião. Um sonho que chegou a se transformar em realidade mas que agora acabou. Você sabe, essas pessoas de idade às vezes se confundem. Ele deve ter ouvido alguém contar sobre Palmares, mas decerto não se deu conta de que era coisa do passado.

Tião não podia acreditar no que estava ouvindo:

— Quer dizer então que a minha fuga foi inútil? Que caminhei durante semanas, que enfrentei perigos — para nada, Cecéu? Para nada?

O seu desespero era tão grande que Antonio se apiedou dele, abraçou-o:

— Não fique assim, Tião. O importante é que você me encontrou. Eu sou seu amigo, não vou abandoná-lo.

Tião olhou-o, amargurado:

— Mas o que você vai fazer comigo, Cecéu? O quê? Eu sou um escravo fujão. Sua obrigação é chamar a polícia, para que me levem de volta à fazenda, para que eu seja castigado como todos os escravos fujões. Isso é o que você tem de fazer.

Antonio sacudiu a cabeça com determinação:

— Não, Tião. Isso eu faria se fosse alguém como o feitor Duarte. Mas eu não sou assim, Tião. Eu acredito em justiça, em liberdade. Se houve alguma coisa que aprendi estudando foi esta: todos os seres humanos são iguais, todos têm direito à liberdade. E eu vou ajudar você a conquistar esse direito. Juro pelo que é mais sagrado que vou fazer isso. Aliás, você já está no caminho, você já está se tornando um homem livre.

Tião mirou-o, meio divertido, meio desconfiado.

— Eu? Estou me tornando um homem livre? De onde é que você tirou isso?

— Lembra a última vez que conversamos?

— Lembro, claro. — Tião não sabia onde Antonio queria chegar. — Mas o que isso tem a ver com...

— Lembra como você se dirigiu a mim?

Não, Tião não se lembrava.

— Você me tratou por "sinhozinho", Tião. Eu até chamei sua atenção para isso...

— É verdade. Mas, e daí?

— Daí que agora você está me chamando de Cecéu. E isso me deixa muito feliz. Em primeiro lugar porque, para você, eu sou e sempre serei o Cecéu. Segundo, porque você esqueceu essa coisa de sinhozinho.

Tião sorriu, melancólico:

— É verdade... Eu não tinha me dado conta. Você tem razão: alguma coisa já mudou.

Ficou um instante em silêncio e aí voltou à carga:

— Mas o fato, Cecéu, é que estou aqui nesta cidade como um fujão, sem saber o que fazer. Eu queria ir para um lugar chamado Palmares, queria viver com minha gente, livre, sem medo. Palmares, você me diz, não existe mais há muito tempo.

Sacudiu a cabeça, uma expressão de desamparo no rosto:

— Não sei o que fazer, Cecéu. Simplesmente não sei o que fazer.

— Mas eu sei — disse Antonio, com firmeza. — Você não vai voltar para a fazenda, Tião. Você vai ficar aqui em Recife, comigo.

Em princípio Tião ficou sem compreender. Mas depois seu rosto se iluminou:

— É mesmo, Cecéu? Eu ficarei aqui com você? Que bom! Você vai ver como vou servi-lo. Você terá um escravo exemplar: manterei limpas as suas roupas, vou engraxar seus sapatos, vou...

Antonio o interrompeu:

— Não, Tião, não. Você não entendeu. Você não será meu escravo. Você não é mais escravo, Tião. A partir de agora, você é um homem livre. Você vai ficar aqui em Recife, mas como meu amigo. Vou arranjar um lugar para você morar, vou...

— Um momento, Cecéu. Um momento. — Tião agora estava alarmado. — Sei que você é uma boa pessoa, uma pessoa generosa que quer me ajudar. Mas as coisas não são bem assim. Vou lhe dizer de novo: eu fugi, Cecéu. Fugi. Sabe o que é fugir? Pois eu fugi. O feitor deve estar atrás de mim. Mais: me pegar deve ser para ele questão de honra. Agora, se o Duarte souber que você está me abrigando, vai decerto se queixar ao seu pai.

— Ele que se queixe! — bradou Antonio, irritado. — Aquele homem não presta. Está na hora de papai mandá-lo embora.

— Seu pai tem confiança nele, Cecéu. Essa é a verdade. Por favor, não crie problemas por minha causa.

— Meu pai pode lhe dar a liberdade, Tião. Se eu pedir, ele fará isso. Pouco importa o que pense o feitor, você poderá ficar livre.

— Não, Cecéu, por favor, não. Isso criaria para seu pai um problema maior ainda. O que diriam os outros proprietários de escravos? Um negro foge e o doutor Alves, em vez de castigá-lo, dá a ele a liberdade? Não, Cecéu. A liberdade eu terei de conquistar de outra maneira.

— De que maneira?

— Não sei. Com meu trabalho... Não sei. Mas não quero que você peça a seu pai para me libertar. Por favor, não faça isso.

Antonio não estava convencido, mas era tanta a aflição do amigo que ele acabou cedendo.

— Muito bem. Você quer que eu finja que não sei que você está aqui no Recife. Pois eu fingirei isso. Mas, de qualquer modo, vamos arranjar um lugar para você ficar.

— Bem, quanto a isso posso dar um jeito. Estou escondido aqui perto, numa casa abandonada que tem fama de mal--assombrada. Eu não acredito nessas coisas. Sou um negrinho esperto e safado, como dizia a Leopoldina, mas acho bom que a casa tenha essa fama: as pessoas até evitam passar na frente; quando chegam ali, se benzem e atravessam a rua. É um ótimo esconderijo! Se o Cecéu me ajudar, continuo lá, escondido...

— Por enquanto, Tião. Por enquanto. Não quero que você viva escondido para sempre. Você tem de poder andar pelas ruas desta cidade como eu ando, sem temer ninguém, sem precisar se ocultar. Vamos pensar em como fazer isso. Mas, por enquanto, fique nessa casa. Que eu aliás não conheço. Onde fica?

— Eu lhe mostro. Vamos até lá. Não é longe.

Tião o levou até a tal casa, numa curta ruela. Ao ver o lugar, Antonio ficou pasmado:

— Mas é uma ruína, Tião!

De fato: mesmo à escassa luz dava para ver que se tratava de um casarão antigo, caindo aos pedaços. As janelas tinham sido substituídas por tábuas; o telhado arriara completamente. No antigo jardim, capim e plantas daninhas cresciam, abundantes. Havia ali uma antiga escultura, sem a cabeça. Enfim, um lugar estranho, assustador mesmo.

Não para Tião:

— Para mim serve, Cecéu. Eu pouco estou ligando para a aparência da casa. Também não me importo com essa coisa de assombração. Tem fantasmas aí dentro? Não sei. Mas se tiver vou me dar muito bem com eles. Negro fujão é mais ou menos como fantasma, Cecéu.

Antonio suspirou. Porém não havia alternativa; outro lugar dificilmente achariam.

— Muito bem. Então vamos combinar uns detalhes práticos. Eu virei aqui, sempre à noite, para lhe trazer comida, roupas e o que mais for necessário. Está bem?

Tião agradeceu efusivamente. Mas tinha dúvidas:

— Até quando você acha que posso ficar aqui, escondido? E para que, mesmo, ficarei escondido, Cecéu? Eu queria ir para Palmares; Palmares não existe mais. Em que posso ter esperança?

— No fim da escravidão, Tião. Isso um dia vai terminar. Tenho certeza. Não é possível que num país tão rico, tão generoso, seres humanos sejam mantidos como escravos.

Tião sorriu, um sorriso triste, irônico:

— Vai terminar, Cecéu? A escravidão vai terminar? Como? Pela vontade de Deus? Eu não acredito nisso, Cecéu. Você acha que o feitor Duarte, por exemplo, vai ficar bonzinho de uma hora para outra? Que ele vai dizer alguma coisa do tipo: "Me arrependo do que fiz ao Tião"? Não, Cecéu. Essa gente não muda. Eles precisam de escravos para fazer o trabalho, para mandar neles, para descarregar nos negros a sua raiva.

Antonio baixou a cabeça. Por alguns minutos ficou ali em silêncio. Por fim encarou o amigo:

— Você tem razão. As coisas não vão mudar por encanto. É preciso que cada brasileiro consciente faça alguma coisa para isso. E, neste momento, eu lhe faço uma promessa, meu amigo, meu irmão: prometo que vou lutar para acabar com essa coisa medonha que é a escravidão. E prometo mais: que não o abandonarei. Quero que você fique perto de mim, Tião. Para que eu possa ajudá-lo, e para que eu não esqueça da missão que, neste momento, estou assumindo. Eu preciso de você, Tião.

Os dois se abraçaram, emocionados. Antonio reforçou a recomendação:

— À noite, bem tarde, você pode até sair comigo. Mas, durante o dia, você tem de ficar aqui, escondido.

Tião suspirou:

— Meu problema será encontrar o que fazer, Cecéu. Não estou acostumado a passar o dia sem trabalhar.

— Mas você pode se ocupar, Tião.

— Em que, Cecéu?

— Leia. Estude. Aprenda.

— Você esquece que eu não sei ler...

Sim, de novo Antonio tinha esquecido; era algo que ele teimava em negar, o analfabetismo do amigo. Como se ele se sentisse culpado pelo fato de que podia ler e escrever, coisa que não estava ao alcance de Tião. Teve uma ideia:

— Eu sei como resolver esse problema, Tião. Vou fazer uma coisa que já deveria ter feito há muito tempo: vou lhe ensinar a ler e a escrever. Você vai ser meu aluno.

— Mesmo? — Tião, no começo incrédulo, logo se entusiasmou com a ideia. — Você me ensina a ler? A ler e a escrever?

— Claro que sim. Todas as noites lhe darei lições. E você pode praticar durante o dia. Eu lhe trago livros e cadernos. Você fica lendo, escrevendo...

Riu:

— Logo você terá mais cultura do que eu. Porque não é tão preguiçoso quanto eu, disso tenho certeza...

Tião riu também, mas logo ficou sério:

— Não sei, Cecéu, não sei se isso vai dar certo, não sei se não estou complicando sua vida. Talvez eu devesse voltar, oferecer o lombo para o castigo do feitor e continuar vivendo como escravo. Não sei... Mas se você me diz para ficar aqui, e se você diz que, enquanto eu ficar, vou aprender a ler e a escrever, então fico.

Olhou Antonio com olhos úmidos:

— Você é um grande amigo, Cecéu. A vida me castigou, fez de mim um escravo, sem pai, sem mãe. Mas ter você a meu lado é um consolo, Cecéu.

— Eu estarei sempre a seu lado, Tião. E agora vá descansar. Amanhã você começa a estudar. E ouvi dizer que seu professor não é de brincadeiras...

Riram. Antonio se despediu e voltou para a república.

· 11 ·

Antonio e seu amigo secreto

Uma nova fase começou na vida de Antonio. Ele agora tinha, por assim dizer, uma causa: ajudar o seu amigo Tião. Não era um empreendimento simples. Para começar, nunca tinha comprado alimentos; outros faziam isso para ele. Agora, não. Agora tinha de ir à mercearia em busca de pão, de queijo, de frutas. Os colegas da república estranharam aquela súbita mudança:

— Estou sentindo falta de nossas discussões — dizia Fagundes, bem-humorado. — Logo agora que você estava quase me convencendo, você vai desistir? Que revolucionário você é, Antonio?

Meio sem graça, Antonio ouvia esses comentários e desconversava. Resultado: começou a circular, entre os moradores da república, o boato de que ele tinha uma amante secreta, uma senhora da alta sociedade. Com o que passou a ser visto com admiração e respeito. Nem tentou desfazer a história, que vinha a calhar. A verdade, porém, é que o fato de Tião estar escondido ali perto deixava-o um tanto apreensivo. Precisava contar a alguém o que se passava. O único com quem podia dividir o segredo era o irmão.

A conversa não foi fácil. Aliás, nenhuma conversa com José Antonio era fácil, nos últimos tempos. O rapaz estava cada vez mais estranho, coisa que inclusive se refletia em sua aparência: magro, andava sempre curvado para a frente, olhar fixo, às vezes murmurando coisas incompreensíveis. Mesmo assim Antonio lhe falou do que estava se passando. José Antonio, cabeça baixa, ouviu em silêncio. Não fez comentários, não deu sugestões. Limitou-se a resmungar, enigmático:

— Cuidado, maninho, cuidado com as sombras da noite.

Era a segunda vez que José Antonio fazia aquela advertência. Qual o significado dela, Antonio não saberia dizer; também não entendia os poemas que o irmão continuava escrevendo. Achava que eram geniais, mas seriam mesmo geniais? Ou seriam o resultado da loucura? Ou ambas as coisas? De qualquer modo, a doença mental de José Antonio era cada vez mais evidente, como também percebiam os demais jovens moradores da república.

— Você precisa fazer alguma coisa — diziam a Antonio.
— Seu irmão vai acabar no hospício aqui da rua.

Preocupado, Antonio resolveu escrever ao pai contando o que estava acontecendo. O doutor Alves não hesitou: mandou-lhes uma mensagem, dizendo que José Antonio deveria regressar à Bahia para se tratar.

A despedida dos dois foi comovente. Antonio tentava parecer animado:

— Não se preocupe, mano. Você vai lá, você se trata, logo melhora e estaremos juntos de novo.

José Antonio o olhava inexpressivo. Por fim disse:

— Não abandone a poesia, Cecéu. Enquanto você estiver com a poesia, estarei com você.

Partiu no primeiro navio, e a partir daí Antonio só teve notícias dele pelas cartas do pai. Depois da morte da esposa o doutor Alves casara de novo. Essa situação poderia ser perturbadora para José Antonio; mas isso não aconteceu. Depois de algum tempo o rapaz parecia melhor; até quis continuar os estudos, mas no Rio de Janeiro. Com alguma hesitação o doutor Alves permitiu que ele viajasse. Não deu certo: um mês depois José Antonio estava de volta, trazido por um primo e por um amigo da família. Tinha piorado de novo, estava agitado, falava coisas incompreensíveis. O pai o mandou para Curralinho, com a esperança de que lá, longe da cidade, ele pudesse se recuperar, o que não aconteceu. O desfecho da história foi trágico: José Antonio acabou se suicidando, tomando um vidro inteiro de remédio.

Antonio ficou muito abalado. Apesar de estranho, o irmão era para ele um companheiro de todas as horas. E também um poeta admirável. Essa perda se somava à da mãe para deixá-lo profundamente triste.

Nessas difíceis circunstâncias, Tião se transformara num apoio, num arrimo. Antonio ia vê-lo todas as noites; falava, falava sem cessar, lembrando a mãe, o irmão; não raro caía num choro convulso. Tião o consolava como podia.

Era um rapaz corajoso, o Tião. Não se deixava abater por nada. Confinado ao abandonado casarão, tratara de melhorá-lo, limpando e arrumando o lugar, consertando os móveis quebrados. Nos fundos da casa abrira uma clareira na espessa vegetação e ali fizera um jardim, pequeno mas muito bonito.

Aquilo de certo modo consolava Antonio, dava-lhe ânimo: se Tião podia enfrentar a adversidade, também ele o faria. Cumprindo a promessa, tratou de ensinar o amigo a ler e a escrever. Tião tinha uma espantosa facilidade para aprender; logo estava redigindo pequenos textos. Mas ainda tinha dificuldade para entender poemas, o que deixava Antonio frustrado: ele queria ver o amigo familiarizado com as obras de Byron e Victor Hugo. E, assim, todos os dias voltava à carga:

— Vamos lá, Tião. Vamos ler este poema.

Difícil. Tião tropeçava na leitura. Em parte por causa de palavras, várias delas desconhecidas para ele; no entanto principalmente por causa das imagens poéticas, das metáforas, ou comparações, cujo sentido lhe escapava. Isso não impedia que se sentisse cada vez mais apegado aos livros. Tratava os volumes que o amigo lhe trazia com a maior reverência, como se se tratasse de objetos sagrados. E para ele eram, mesmo, objetos sagrados, que fitava com emoção:

— Quanto conhecimento há nessas páginas, e quanta beleza, Cecéu. Não há no mundo coisa mais maravilhosa do que os livros. Você, que é poeta, deveria escrever um poema em homenagem ao livro.

— Mas eu escrevi — retrucou Castro Alves, sorridente.

— Não é só você que ama os livros, Tião. Nós somos uma legião no mundo. E, para esta legião, para os amantes dos livros, eu fiz um poema. E sabe como eu fiz? Parti de uma coincidência histórica muito importante: o livro, como a gente conhece hoje, apareceu mais ou menos na época em que Cristóvão Colombo, que foi um grande navegador, chegou à América. Isso faz mais de quatrocentos anos. E foi aí que os brancos começaram a chegar, os espanhóis, os portugueses... Antes a América era a terra dos índios.

— E o que é América?

— É esta região em que nós vivemos, onde estão o Brasil e outros países. Recebeu o nome por causa de um outro navegador, o italiano Américo Vespúcio, que aqui esteve também. Mas, voltando ao poema, escrevi assim...

Fechou os olhos, concentrando-se por um minuto, e depois declamou:

— *Disse um dia Jeová:*
"vai, Colombo, abre a cortina,
da minha eterna oficina...
Tira a América de lá".

Fez uma pausa, respirou fundo, e então se voltou para
Tião:

— E aí? Você gostou?

Tião hesitou, evidentemente sem saber o que dizer:

— Você declama muito bem, Cecéu. A gente se emocio-
na. Eu fiquei todo arrepiado, olha aqui o meu braço.

— Sei, sei — disse Antonio, um tanto impaciente. — Mas
eu quero saber é o que você achou dos versos.

— Os versos? — Tião vacilava, meio sem jeito. — Bom,
para dizer a verdade, não entendi muito bem. Já aprendi muita coisa com você, mas tem palavras que ainda não conheço.

Aquilo deixou Antonio desconcertado. Aí teve uma ideia:

— Espere um pouco. Acho que já sei o que fazer.

Os dois sentados a uma tosca mesa da velha casa, ele pegou da pena, pois naquela época era assim que se escrevia,
com uma pena de pato, molhou-a na tinta e, numa folha de
papel, escreveu os versos que acabara de declamar, passan-
do-os em seguida para o amigo:

— Pronto. Agora vamos examinar os versos palavra por
palavra, e você vai me dizer o que você não entendeu. Leia.

Tião leu, testa franzida:

— Pra começar: quem é esse tal de Jeová?

— Jeová é o nome de Deus no Antigo Testamento. Era
assim que os hebreus o chamavam. A propósito: você sabe,
Tião, que eu gosto muito de ler a Bíblia?

— Não me diga! Eu não pensei que você fosse religioso...

— Não sou. Mas é que gosto das histórias da Bíblia, sabe? E gosto dos personagens da Bíblia. Sobretudo dos profetas. Jeremias, por exemplo. Ele não hesitava em denunciar a injustiça, a corrupção. Não tinha medo do rei, não tinha medo dos poderosos... Ele falava o que tinha de falar. E, lendo a Bíblia, muitas vezes pensei: precisamos de um profeta no Brasil, alguém que aponte os nossos males com firmeza e coragem.

— Quem sabe você será esse profeta? — arriscou Tião, de bom humor.

Antonio riu:

— Não sei se terei forças para isso...

Ficou um instante em silêncio e depois continuou:

— Mas não é só a Bíblia que me atrai na tradição judaica. É uma outra coisa... Uma história...

Hesitava ainda.

— Conte — pediu Tião, que mal conseguia conter a curiosidade.

— Bem, é o seguinte. Lá em Salvador mora um comerciante judeu chamado Isaac Amzalack, casado com uma mulher mais jovem que ele, e belíssima, a Grazia. Eles têm três filhas, que todos conhecem como as "três graças". Meninas ainda novinhas, mas lindas, Tião! Lindas! Uma delas, a Semi, é deslumbrante. Fico sem fôlego cada vez que a vejo. Imagino que a Raquel da Bíblia, por quem Jacó se apaixonou, deva ter sido como ela.

Suspirou:

— No entanto o Amzalack não quer saber de mim. Se eu fosse médico, como meu pai, ou estudante de medicina, as coisas seriam diferentes. Mas poeta, com futuro incerto... Resultado: não posso frequentar a casa. Bem, isso não importa. Eu adoro aquelas meninas mesmo de longe. Elas são para mim uma fonte de inspiração.

Ficou uns segundos pensativo, o olhar perdido. Depois riu:

— Mas isso agora não vem ao caso. Vamos voltar ao poema.

— Pois é — disse Tião, ainda impressionado pela confissão do amigo. — Segundo você escreve, Jeová mandou Colombo abrir a cortina de sua eterna oficina... Que história é essa? Jeová tinha oficina? Oficina de quê? O que é que ele fabricava ou consertava?

— Isso é a linguagem poética, Tião. É a metáfora. Claro que Jeová não tinha oficina. Claro que não fabricava nada. Mas é como se tivesse fabricado a América, entende? Esse lugar em que vivemos, e de cuja existência os europeus mal desconfiavam. Então Deus diz a Colombo que vá lá e mostre a América para o mundo. Mais adiante, eu continuo:

O séc'lo que viu Colombo,
Viu Guttenberg também.
Quando no tosco estaleiro
Da Alemanha o velho obreiro
A ave da imprensa gerou...
O Genovês salta os mares...
Busca um ninho entre os palmares
E a pátria da imprensa *achou...*

— Você vai ter de me explicar...

— Claro. Guttenberg foi o homem que inventou a máquina de imprimir livros, lá na Alemanha. Eu digo que fez isso num "tosco estaleiro" porque imagino que ele não tinha muitos recursos para seu trabalho. Mas a imprensa para mim é uma ave, uma ave que voa pelo mundo, levando notícias, levando cultura. Aí o Colombo, que era genovês, ou seja, nascido em Gênova, salta os mares, quer dizer, atravessa o oceano; chega à América...

— Terra dos palmares...

— Isso mesmo, Tião. Palmares você não esquece, não é mesmo? É bom: não esqueça. É o seu sonho, e sonhos a gente não deve esquecer.

— Mas — Tião estava intrigado — aqui é a pátria da imprensa, Cecéu? Aqui, neste lugar, onde tão poucos sabem ler e escrever?

Antonio suspirou:

— Você está certo, Tião. Temos muitos, muitos analfabetos. Mas eu espero, sim, que um dia a América, o Brasil, se tornem a pátria da imprensa.

— Mas, e o livro? Você não disse que seu poema homenageia o livro?

— E homenageia. Ouça!

Pôs-se de pé num salto, a fisionomia iluminada:

Oh! Bendito o que semeia
Livros... livros à mão cheia...
E manda o povo pensar!
O livro caindo n'alma
É germe — que faz a palma,
É chuva — que faz o mar.

Tião não se conteve: de pé, aplaudia calorosamente, a fisionomia radiante:

— Lindo, Cecéu! Que coisa linda! Você disse tudo: "o livro caindo n'alma é germe"; germe é semente, não é mesmo?... "É germe que faz a palma, é chuva que faz o mar." Muito bonito. E espero, mesmo, que se forme um mar. Um mar de cultura, um mar de conhecimento... E, desse mar, Cecéu, eu só quero uma gota.

— Não, Tião. Você tem direito a muito mais do que isso. A sorte foi cruel com você; fez com que você nascesse escravo. Mas a gente não deve se conformar, Tião. A gente deve lutar contra o destino. Devemos ir em busca daquilo que é certo e justo, como os profetas da Bíblia faziam. Você vai fazer isso, Tião. E eu estou aqui para ajudar você.

— Você está me ajudando, Cecéu. Está me ajudando muito. Não é pouco o que você faz por mim... — Enxugou os olhos: — Não sei como poderei lhe agradecer.

— Você não tem nada que agradecer, Tião. Amizade é isso, não é? Amizade é a gente se ajudar, se amparar mutuamente. Hoje sou eu quem posso fazer alguma coisa por você. Amanhã será você quem fará alguma coisa por mim. Mas, antes de mais nada, Tião, quero que você se torne um homem livre.

— Você é muito bom, Cecéu — disse Tião, a voz embargada.

— Pode ser. Contudo não se trata só disso, Tião. É que, lutando por sua liberdade, estou lutando por mim mesmo também. Enquanto você for escravo, eu não serei livre; nenhum brasileiro será. Porque a escravidão não avilta só o escravo, Tião. Ela avilta o dono de escravos também. Ele deixa de ser humano, Tião. Ele se torna mesquinho, covarde. E incapaz: passa a depender totalmente dos escravos. E isso para nós, como povo, é um desastre. É por isso que o estou ajudando, Tião. Porque nós precisamos fazer do Brasil um país melhor.

Sorriu:

— Mas já estou eu aqui fazendo discursos. É um impulso que não consigo controlar...

Despediu-se, e se foi não antes de recomendar que Tião continuasse lendo.

— Pode deixar — disse Tião. — Isso já aprendi: "O livro caindo n'alma, é germe que faz a palma, é chuva que faz o mar".

· 12 ·

A vida lá fora

Antonio era um grande leitor; dominava vários idiomas, seus poemas começavam a ser publicados na imprensa do Recife. Mas não ia muito bem nos estudos. O que lhe valia repreensões de Tião:

— Você deveria se esforçar mais, Cecéu. No mínimo para corresponder à confiança de seu pai, que afinal sustenta você.

E acrescentava, debochado:

— Quem deveria estar preso nesta casa é você. Assim você não teria outro remédio senão estudar. É o que eu faço o dia todo.

Um exemplo que Antonio dificilmente seguiria: tinha muitos amigos, com os quais gostava de passear, de conversar, de jogar bilhar. E, como esses seus amigos, era grande frequentador do Teatro Santa Isabel. Até escrevia peças teatrais que esperava um dia ver encenadas. A paixão pelo teatro representaria, ainda que indiretamente, um grande impacto em sua vida.

Certa madrugada Antonio irrompeu subitamente na casa. Tropeçando no escuro, encontrou a rede em que Tião dormia, sacudiu-o:

— Acorde, Tião, acorde. Preciso lhe contar uma coisa muito importante.

Assustado, Tião sentou na rede:

— O que aconteceu? De onde você vem?

— Do teatro. E estou arrebatado, Tião! Arrebatado!

O motivo de seu entusiasmo não era a peça, era a atriz principal:

— Chama-se Eugênia Câmara, Tião. Ela não é brasileira, é portuguesa. Que grande atriz! Que grande mulher!

Tião, mirando-o, nada dizia. Sabia da paixão do amigo por mulheres reais ou imaginárias: Antonio lhe falara sobre Julia Feital, sobre a visão que tivera, e que muitas vezes voltava à sua memória. Tião ouvira essas histórias, sem dar a elas muita atenção: afinal se tratava de uma fantasia, algo importante para poetas, mas que nada tinha a ver com a realidade.

Agora, porém, era diferente. Agora Antonio estava empolgado por uma mulher de verdade, uma mulher de carne e osso. De quem falava sem cessar, descrevendo as cenas da peça, elogiando seu desempenho como atriz.

— Não é maravilhosa, ela? — perguntou, por fim.

Para sua surpresa, percebeu que Tião não partilhava desse entusiasmo; pelo contrário, parecia contrariado:

— Não sei — disse Tião, seco. — Se a mulher é maravilhosa ou não, eu não sei: não vi a peça, aliás, eu nunca fui ao teatro na minha vida, nem sei o que é isso. Teatro é coisa para branco rico, não para negro fugido.

Fez uma pausa e, moderando o tom, acrescentou:

— Mas eu acho que esse seu entusiasmo nada tem a ver com teatro, meu amigo. Eu acho que você está apaixonado por essa Eugênia Câmara. Eu conheço você, melhor talvez do que você mesmo. E meu palpite é este: você está apaixonado.

Tentou sorrir, mas só conseguiu esboçar uma fatigada careta:

— Você está apaixonado e eu estou cansado. Fiquei lendo até tarde, mal posso abrir os olhos. Portanto, agora vá embora com sua paixão e me deixe dormir. Amanhã a gente se fala. Amanhã ou outro dia.

Um tanto decepcionado, Antonio saiu: a recepção do amigo fora água fria na sua fervura. Que, no entanto, não arrefeceu, quando retornou à casa, dois dias depois, trazia algo que exibiu triunfante, como um troféu: uma foto de Eugênia Câmara. Fotos ainda eram raras naquela época:

— Deu trabalho conseguir isso, Tião. Fui procurar o fotógrafo da Eugênia, tive de insistir muito com ele. E custou caro.

Tião pegou a foto. Não era exatamente uma beldade, a Eugênia. Magra, pálida, boca grande, lábios finos, firmemente cerrados. E certamente mais velha, uns dez anos mais velha, que Antonio. Que, notando a reticência do amigo, apressou-se a dizer:

— A foto não lhe faz justiça, Tião... Ela é muito mais bonita do que aparece aí. E, volto a lhe dizer, uma grande atriz. O que, claro, não dá para julgar pela foto...

Encarou Tião com estranheza:

— Mas você não vai dizer nada, Tião? Estou abrindo meu coração a você, como nunca abri a ninguém, e você fica aí, calado, cara fechada? Francamente, não era isso o que eu esperava de você. Afinal, você é meu amigo ou não é?

— Sou seu amigo, Cecéu. Você sabe disso. Sou seu amigo, sempre serei seu amigo. Que posso lhe dizer? Você conheceu uma mulher, apaixonou-se por ela. Espero que ela corresponda a esse amor, e que vocês sejam felizes.

— Eu esperava mais que isso, Tião. Esperava que você vibrasse comigo. Deixe-me contar mais sobre Eugênia.

E contou. Contou tudo o que sabia de Eugênia Câmara, e que não era pouco. Nascida em Portugal, ela estreara como atriz no Porto e em Lisboa; depois viera para o Brasil, e passara a percorrer com uma companhia teatral o norte e o nordeste do país. Mas seu talento, garantia o entusiástico Antonio, não se restringia ao palco:

— Ela escreve também, Tião. É autora de uma peça teatral... E faz poesia... E adora Byron, Tião! Como eu! Adora aquela poesia romântica, aquela poesia arrebatadora. Somos almas irmãs, Tião! Ela foi feita para mim, tenho certeza disso! Não é uma visão, como foi a Julia Feital: é uma mulher de verdade e, mais cedo ou mais tarde, será minha.

Interrompeu-se, olhou para Tião, que o ouvia quieto, e se deu conta: o amigo estava com ciúmes. Essa possibilidade não lhe tinha ocorrido antes. Mas era óbvia: Tião estava amuado, de cabeça baixa. Antonio, que era um rapaz sensível, não disse nada. E decidiu: não falaria mais com o amigo sobre Eugênia Câmara. Não era um bom assunto para os dois tratarem.

E a verdade é que outros assuntos não faltavam. Conversavam muito; Tião contava coisas sobre sua vida, coisas que a Antonio pareciam até surpreendentes: agora se dava conta de que, em realidade, sabia pouco sobre os escravos. Convivera com eles na fazenda, entrava frequentemente na senzala; mas mesmo assim não chegara a descobrir quem eram, afinal, aquelas pessoas que, na verdade, muitas vezes nem eram tratadas como seres humanos. Tião revelou coisas que a Antonio impressionavam; por exemplo, a verdadeira história de Leopoldina. Que nunca fora filha de rei nenhum:

— Ela veio da África como escrava, Cecéu. Veio acorrentada num navio negreiro. E você não imagina o que é um navio negreiro. Homens, mulheres e crianças amontoados no convés, os marinheiros chicoteando-os sem cessar, o sangue escorrendo pelo tombadilho...

— Você viu isso? — Antonio chegava a se sentir mal com aquela descrição.

— E como não teria visto? Eu vim num navio desses. Vim com minha mãe.

— Eu pensava que você fosse órfão — disse Antonio, surpreso.

— Sei que você pensava isso. E nunca quis lhe contar a minha história porque... Sei lá por quê. Para poupar você, acho, dessas coisas tristes. Eu soube da história por outros escravos. Minha mãe foi comprada e levada para uma fazenda distante. Levou-me junto, criou-me da melhor maneira que pôde; muitas vezes deixava de comer para me alimentar. E aí aconteceu aquilo...

Calou-se, dominado pela emoção:

— Aconteceu o quê, Tião? Fala, rapaz! Conta! Eu quero saber, eu preciso saber!

Tião respirou fundo:

— É difícil para mim, Cecéu, é muito difícil... Mas vamos lá. Uma noite ela estava na senzala, perto do fogo, embalando-me para que eu adormecesse. Entrou o dono da fazenda, acompanhado de uns homens desconhecidos. "Este é o menino de quem falei", disse. "Como vocês podem ver, é forte, de boa raça." E, para minha mãe: "Estou vendendo teu filho para estes senhores". Minha mãe, apavorada, pediu que ele não fizesse aquilo: o filho era a única coisa que lhe restava na vida. Os homens me arrancaram dos braços dela e, como minha mãe resistisse, bateram na coitada sem dó nem piedade. Alguns escravos que estavam ali vieram em defesa dela. Houve luta, e eles foram mortos. No fim, os brancos foram embora, levando-me consigo.

— E sua mãe?

— Nunca mais a vi. Contaram-me que enlouqueceu e que depois se matou... Não é de admirar, Cecéu. Não é de admirar. E lhe digo mais: isso não aconteceu só comigo, Cecéu. Muitos outros meninos negros foram tirados de suas mães. Essa é a história da nossa gente.

Enxugou os olhos, tentou sorrir:

— Não sei por que lhe contei isso, Cecéu. Eu deveria ser como a Leopoldina, que só lhe contava histórias bonitas. Você é um poeta, uma pessoa sensível, isso deve lhe fazer muito mal. Me perdoe...

Antonio apenas abraçou-o, sem dizer nada. Dias depois mostrou a Tião um poema, inspirado na tragédia das crianças negras arrancadas de seus pais:

— Chama-se "Tragédia no lar" e começa assim:

Na senzala, úmida, estreita,
Brilha a chama da candeia, [...]

De repente, entra o fazendeiro acompanhado dos compradores de escravos. Brada:

— *Escrava, dá-me o teu filho!*

A mulher implora:

Senhor, por piedade, não...
Vós sois bom... antes do peito
Me arranqueis o coração!
Por piedade, matai-me! Oh! É impossível
Que me roubem da vida o único bem!

O apelo da escrava é inútil:

Porém nada comove homens de pedra,
Sepulcros onde é morto o coração.
A criança do berço ei-los arrancam.

E aí o final:

Um momento depois a cavalgada
Levava a trote largo pela estrada
A criança a chorar.

Antonio calou-se, ainda ofegante. Ficaram ambos em silêncio, Tião de cabeça baixa.

— E então? — Antonio estava ansioso por ouvir o amigo. — O que você acha deste, Tião? Ele descreve o sofrimento de sua gente?

Tião pensou um pouco antes de responder.

— O poema é muito bom — disse, por fim. — Você é um grande poeta, Cecéu. O Brasil inteiro falará de você, não tenho dúvidas quanto a isso.

Antonio, contudo, estava desapontado:

— Você não parece emocionado. Acho que não apelei a seus sentimentos...

— Você apelou, sim, a meus sentimentos, Cecéu. Mas...

Deteve-se, evidentemente em dúvida sobre o que ia dizer:

— Mas o quê, Tião! Fale, rapaz, diga o que você pensa!

Tião ainda hesitava. Finalmente desabafou:

— Essa senzala que você menciona... Na verdade, eu continuo nela, Antonio. Continuo escravizado.

Aquilo deixou Antonio surpreso e consternado:

— Não diga isso, Tião. Esta casa não é uma senzala, você sabe disso. Aqui ninguém o obriga a trabalhar, nenhum Duarte castiga você. Aqui você é livre.

Tião abanou lentamente a cabeça, com um sorriso melancólico:

— Não, não sou, Cecéu. Não vamos nos enganar: eu não posso sair daqui, eu dependo de você para tudo, até para comer. Não me entenda mal: sou muito grato ao que você faz por mim. Mas isso não é a liberdade. Infelizmente, não é. Eu quero poder andar na rua, de cabeça erguida. Eu quero ter um trabalho decente, digno. Quero ter amigos, quero namorar... Sou gente, Cecéu, gente como você. Não sou capaz de traduzir meus sentimentos em poemas, mas é isso o que sinto.

Antonio suspirou:

— Lamento que seja assim, Tião. O que posso prometer a você? Vou continuar lutando, com todas as minhas forças, pela abolição da escravatura. Temos que acabar com essa chaga que infelicita você e tantos de seus irmãos.

Corrigiu-se rapidamente:

— *Nossos* irmãos. Não importa a cor: somos todos brasileiros. Pelo menos é assim que sinto.

Tião não respondeu. Continuou em silêncio, o olhar perdido. Antonio se deu conta de que era inútil prosseguir o diálogo: o amigo não queria mais falar. Levantou-se e foi embora.

Tudo muda de repente

A conversa deixou Antonio muito deprimido. Apoderou-se dele a sensação de que não fazia por Tião tudo aquilo que poderia fazer; de que não estava lutando pelo amigo como deveria. Mais culpado o deixava ainda o fato de estar participando ativamente em outras causas. Justamente naquele período estavam ocorrendo em Recife manifestações em favor da proclamação da República. O assunto provocava polêmica e, entre os estudantes, era objeto de discussões acaloradas. Quase todos eram, como Antonio, republicanos; participavam em demonstrações, faziam discursos, mandavam cartas e artigos para os jornais.

Mas havia quem pensasse diferente. Fagundes era um deles. Continuava com aquela ideia de que os "seres inferiores" tinham de ser tratados com dureza. Para isso, segundo ele, um governo forte, um governo monárquico, era fundamental:

— Essa coisa de República só pode dar confusão. Brasileiro precisa de imperador, de alguém que mande, que ponha a gentalha no seu lugar.

Como nas discussões sobre escravatura, tais opiniões deixavam Antonio indignado. Contudo agora já não se mostrava agressivo; continha-se, procurava convencer Fagundes com argumentos:

— O mundo está mudando, meu caro, e o mundo do futuro será mais igualitário que o nosso. Um dia você ainda me dará razão.

Não só entre os colegas Antonio defendia suas ideias. Nas ruas também: frequentemente participava de manifestações contra a Monarquia e a favor da República. Uma delas, em praça pública, foi dissolvida violentamente pela polícia. Houve correria, gente fugindo, gente pisoteada... Antonio estava lá, era dos que mais protestava; escapou por pouco de ser atingido por um golpe de espada desferido por um furioso sargento. Coisa que depois contou com orgulho aos amigos:

— Quase me tornei um mártir da causa republicana.

Naquela época escreveu um poema intitulado "O povo ao poder", que começava assim:

Quando nas praças s'eleva
Do povo a sublime voz...
Um raio ilumina a treva

E prosseguia proclamando que

[...] A praça é do povo
Como o céu é do condor

Finalizando com um apelo:

Lançai um protesto, ó povo,
Protesto que o mundo novo
Manda aos tronos e às nações.

Correu a mostrar o poema a Tião. Queria que a vibração de seus versos neutralizasse o mal-estar com que saíra do último encontro na casa abandonada:

— Isso, meu amigo, é o testemunho de meu compromisso na luta pela liberdade — proclamou, orgulhoso.

Para sua surpresa, e frustração, Tião não mostrou grande entusiasmo pelo poema. Fez apenas uma pergunta: queria saber o que era condor. Antonio explicou que o condor era uma ave semelhante à águia, que costuma voar muito alto:

— Ele plana lá em cima, muito distante do chão. É por isso que eu digo: o céu é do condor.

Tião olhou-o de maneira curiosa:

— Você também é um condor, Cecéu. De certa maneira, você também é um condor.

Antonio tomou aquilo como um elogio e começou a dizer que, de fato, a poesia que ele e outros poetas de sua geração faziam era conhecida como "condoreira":

— Nós queremos voar mais alto, queremos chegar a píncaros nunca atingidos pela imaginação. As palavras são para nós asas, Tião, asas poderosas, asas mágicas.

Tião ouvia-o, quieto. Antonio estranhou:

— O que há com você, Tião? Eu lhe trago aqui um poema, um poema que resume um ideal de luta, e você fica aí, em silêncio... O que houve?

Tião vacilava, ainda. Antonio insistiu:

— Fale, rapaz! Diga o que você está pensando!

— Pois é, Cecéu, essa imagem que você usou... A imagem do condor... Pode ser muito bonita na poesia, mas para mim ela mostra bem a nossa situação: você, Cecéu, voa lá no alto, enquanto eu estou aqui, no chão. Você não tem problemas, você tem casa, comida, você é aluno da Faculdade de Direito. Eu não sei o que vai ser o dia de amanhã. Me desculpe, eu sei que não é disso que fala sua poesia, mas foi nisso que eu pensei. Pode ser que um dia eu esteja no meio do povo, ocupando a praça, defendendo a minha dignidade. Mas, por enquanto, isso ainda está longe. Tão longe como o condor está da terra.

Antonio ficou furioso. Era assim que o amigo reagia ao poema que ele havia escrito com tanta emoção?

— Você não passa de um ingrato — bradou. — Eu vim aqui para lhe mostrar que estou solidário com você, que estou disposto a lutar por você, e é isso que você me diz, que eu estou longe, que nada tenho a ver com a realidade? Ora, vá plantar batatas, Tião!

E foi embora, irado.

Durante vários dias se recusou a voltar à casa. Precisava levar víveres a Tião, e também alguma roupa, mas não o faria: por bem ou por mal, o amigo teria de aprender a respeitá-lo. Contudo o remorso acabou por se apossar dele; afinal, o pobre Tião era um prisioneiro na casa abandonada, sempre com medo de ser capturado, enquanto ele, Antonio, podia se dar ao luxo de participar de manifestações, de escrever poemas. Resolveu, pois, pedir desculpas a Tião. Naquela mesma noite, portando um cesto com alimentos, foi até a casa abandonada.

Ao entrar, teve uma surpresa; julgou ouvir vozes, vozes abafadas que vinham lá de dentro. O que o assustou: quem poderia estar ali? Algum intruso? Estaria o Tião em apuros? Por uns momentos ficou imóvel, paralisado, sem saber o que fazer. Pedir socorro? Mas pedir socorro por que, se não sabia o que estava acontecendo? E pedir socorro a quem? Não podia revelar a presença de Tião ali a ninguém.

Finalmente, decidiu ver o que estava acontecendo. Cautelosamente, bateu à carcomida porta, de acordo com o código que tinham combinado: três pancadas, uma pausa, depois mais três pancadas.

Depois de alguns tensos instantes a porta se abriu. Era Tião, que, ao vê-lo, sorriu, como se nada houvesse acontecido, como se não tivessem brigado uns dias antes. E como se nada estivesse acontecendo de anormal na casa.

— Está tudo bem por aqui, Tião?

— Tudo bem — Tião, sorridente, bloqueava a porta, o que deixou Antonio desconfiado:

— É que eu ouvi vozes aí dentro...

— E pensou que eu estivesse conversando com fantasmas? — Tião riu. — Não, Cecéu, não é meu caso. Quem conversa com fantasmas, quem faz versos para a Julia Feital é você... Mas você ouviu vozes, sim.

Mirou-o, misterioso:

— É que aconteceu uma coisa fantástica, Cecéu... Você nem vai acreditar. Entre, entre e veja com seus próprios olhos.

Intrigado, Antonio entrou. Não chegou a dar três passos; deteve-se, surpreso.

Diante dele estava uma sorridente mulatinha. Linda: grandes olhos escuros, belo corpo... Linda. Tião apressou-se a fazer as apresentações:

— Maria do Horto, este é o meu grande amigo Antonio de Castro Alves, o Cecéu, de quem lhe falei. Cecéu, esta linda moça é a Maria do Horto. Já sei o que você vai perguntar: o que está ela fazendo aqui? O mesmo que eu: ela era escrava numa chácara aqui perto. Fugiu, veio se esconder na casa mal-assombrada. Só que não sabia que o lugar já estava ocupado...

Riu:

— Quando deu de cara comigo, quase morreu de susto. Pensou que eu fosse um fantasma. Mas eu disse a ela que não sou fantasma, ao contrário: não quero apavorar ninguém. E disse também que ela poderia ficar: onde cabe um cabem dois, não é verdade, Maria do Horto?

— Verdade — disse ela, sempre sorrindo. Os dois pareciam muito contentes, mas Antonio estava preocupado: duas pessoas ali, será que o movimento não chamaria a atenção da vizinhança?

Tião o tranquilizou: quanto a isso, não haveria perigo, os dois tomariam todas as precauções para não se fazerem notados.

— A única coisa é que você vai ter de trazer mais comida. E comida boa, porque a Maria do Horto não gosta de passar mal...

Antonio acabou rindo também. Entregou a Tião o cesto com alimentos, pão, queijo, salame, frutas.

— Coma conosco, Cecéu — convidou Tião. Sentaram à mesa, ficaram comendo e batendo papo. Um papo muito agradável: Maria do Horto era viva, simpática, bem falante. Contou que desde criança trabalhava para a dona da chácara, mulher malvada:

— Batia em mim por nada. Cansei e resolvi fugir, seu Cecéu...

Antonio protestou:

— "Seu" Cecéu, não. De jeito algum, Maria do Horto. Me chame de Cecéu, como o nosso amigo Tião. Verdade que ele é meio desavergonhado, mas esse não deve ser o caso com você...

Conversaram até tarde. Tião evidentemente tinha esquecido o bate-boca do outro dia, o que para Antonio era um alívio: aquele tipo de discussão certamente não levaria a nada. Nunca vira o amigo tão feliz. Tião parecia ter nascido de novo. Essa impressão se confirmou nas noites seguintes: sim, porque agora Antonio voltava diariamente ao casarão abandonado. Logo ficou claro para ele que a afinidade entre Tião e Maria do Horto ia além do destino comum: estavam claramente apaixonados. Antonio brincava com eles:

— Quero ser padrinho desse casamento, hein?

Maria do Horto achava graça, ria. Tião, porém, nada dizia, não acompanhava a brincadeira. Um dia, aproveitando que a moça não estava por perto, Antonio o interpelou:

— Vejo você muito sério, Tião, com cara de preocupado. E no entanto você deveria estar feliz; afinal, encontrou a mulher da sua vida. Diga-me: o que está acontecendo?

O amigo hesitou, mas acabou contando:

— É como você disse, Cecéu, eu amo a Maria do Horto e quero viver com ela para sempre. E aí? Vamos ficar aqui, a vida toda, sustentados por você? E, se tivermos uma criança, como é que vai ser? Eu sei que você não tem resposta para essas perguntas, Cecéu. Mas alguma solução a gente precisa encontrar.

Antonio saiu daquela conversa preocupado. Tião estava certo, aquela situação agora se tornara um problema que teria de ser resolvido o mais rápido possível. Os dois não poderiam ficar na casa abandonada. Por enquanto ninguém dera pela presença deles, mas, por quanto tempo o segredo poderia ser mantido? Algo precisava ser feito, mas o quê? Por mais que pensasse, não lhe ocorria nenhuma ideia. Claro, poderia conseguir, com o pai, a alforria de Tião, apesar dos protestos deste; mas, e Maria do Horto? Como ajudá-la? Comprando da dona da chácara a liberdade dela? E se a mulher recusasse a proposta? E se resolvesse denunciá-los?

Estava nesse impasse quando, certa noite, chegando ao casarão com mantimentos, encontrou Tião eufórico, os olhos brilhando:

— Descobri, Cecéu. Descobri o que temos de fazer, a Maria do Horto e eu. E descobri graças a você, meu amigo.

— Eu? — Antonio estava surpreso. — Eu? Mas eu andava quebrando a cabeça por causa disso... E você diz que achou a solução graças a mim? Como?

— Uma coisa que você falou me deu uma ideia, Cecéu. Uma grande ideia. Logo que eu vim para cá, você disse que esta casa seria o meu Palmares, lembra? Eu até respondi que não concordava com essa comparação... Mas fiquei com aquela coisa na cabeça e na noite passada acordei com a ideia: nós temos, Cecéu, de fazer um novo Palmares, a Maria do Horto, eu, e quem mais a nós se juntar. Temos de ir para um lugar afastado, e lá começar a nossa vida: construir casas, plantar, colher, criar gado. Porque Palmares, Cecéu, era mais que um lugar com gente morando. Palmares era um ideal, era o sonho de uma comunidade negra livre e independente. Nós precisamos recuperar o ideal de Palmares, Cecéu. É assim que vamos conquistar a nossa liberdade. Não precisamos esperar que os senhores de escravos nos libertem. Vamos em busca do nosso sonho.

Antonio ficou surpreso com aquela ideia. Que o comovia; afinal era um sonho que ele compreendia e do qual partilhava. Mas era um empreendimento perigoso. Enquanto Tião e Maria do Horto estivessem perto, poderia protegê-los; mas o que aconteceria se fossem para o sertão ou para o mato? Tião esperava que outros escravos fugidos se juntassem a eles; formariam então uma comunidade livre, independente, que se autogovernaria. Mas seria isso possível? Os donos de escravos admitiriam tal projeto? E o governo? Palmares acabara em desastre. Não aconteceria o mesmo com o novo Palmares? Tião, porém, mostrava-se confiante:

— Eu estou preparado para essa missão. Graças a você, aliás. Você não me ensinou só a ler e a escrever, Cecéu. Você me ensinou a pensar por minha própria cabeça. E agora que aprendi não abro mais mão disso. Ninguém mais vai mandar em mim, Cecéu. Duarte nenhum vai me chicotear de novo.

Antonio estava de acordo: sim, os negros deveriam ser libertados, e ele próprio estava disposto a lutar para isso com todas suas forças. Mas a libertação dos escravos, ele achava, deveria resultar de uma mudança no país, não do esforço de alguns poucos. E foi o que disse, com a franqueza que a amizade lhe permitia:

— Não adianta criar um novo Palmares, Tião. O país tem de mudar como um todo, tem de sair da miséria, do atraso. E isso deve resultar do esforço de todos os brasileiros, negros e brancos. Brancos, sim. Brancos esclarecidos, como o barão de Mauá, de quem eu falei para você. Essas pessoas sabem que a escravidão é coisa do passado, que ninguém mais trabalhará sob ameaça de chicote. É uma nova mentalidade que está surgindo no Brasil, Tião.

— Mas nós continuamos escravizados — disse Tião.

— As pessoas — prosseguiu Antonio — já não se conformam com a miséria, com a submissão. As pessoas querem ser livres e estão dispostas a defender a sua liberdade.

— Mas nós continuamos escravizados — repetiu Tião.

— Temos a Lei Eusébio de Queirós, contra o tráfico negreiro...

— Mas nós continuamos escravizados — disse Tião mais uma vez. — Continuamos trabalhando de sol a sol, continuamos sendo chicoteados, torturados, expostos no pelourinho. Somos até bucha para canhão, Cecéu. Você mesmo disse isso, quando falou sobre essa guerra que está acontecendo lá no Paraguai. Você disse que os soldados negros estão na linha de frente, que são os primeiros a ser atingidos pelas balas, os primeiros a ser feridos pelas baionetas. E o pior é que até você, meu amigo, você, que se considera um idealista, um lutador pela causa da verdade, você parece achar justa essa guerra.

A observação deixou Antonio mortificado, sobretudo porque era verdadeira: de fato, ele tinha participado em várias demonstrações patrióticas a favor da guerra; fizera discursos, escrevera versos; chegara até a se oferecer como voluntário para um batalhão que, no entanto, não fora formado. No íntimo, porém, estava de acordo com Tião: suspeitava que aquela guerra correspondia apenas aos interesses de grupos do poder, interesses aos quais a população do Brasil e do país vizinho estava sendo sacrificada. Vendo que os argumentos encontravam eco no amigo, Tião prosseguiu:

— Pode ser que ocorram mudanças, Cecéu, mas quando? Quanto tempo ficaremos esperando, a Maria do Horto, eu, os escravos todos?

Antonio se convenceu: Tião estava mesmo resolvido.

— Muito bem. Já vi que você não vai mudar de ideia. Você é cabeça-dura... Ainda bem, não é, Tião? Ainda bem. Agora me diga o que você pretende fazer.

Tião já tinha traçado um plano. Foi buscar um dos livros trazidos por Antonio, e que continha mapas da Bahia e de Pernambuco. Ali ele assinalara minuciosamente a trajetória que Maria do Horto e ele seguiriam rumo a uma região remota e praticamente desabitada.

— Andaremos à noite e nos esconderemos de dia. Pelos meus cálculos, em duas semanas chegamos lá...

— E como terei notícias de vocês?

Pergunta mais do que pertinente, numa época em que não existiam correios regulares. Para isso Tião não tinha resposta:

— Não sei como farei. Mas, assim que puder, mandarei uma mensagem. Você é importante para mim, Antonio de Castro Alves. Você é importante como poeta, como ser humano, como amigo. Você...

Não aguentou mais: começou a chorar. Antonio abraçou-o, comovido. Maria do Horto juntou-se a eles. E ali ficaram, em silêncio, por muito tempo.

Na noite seguinte Tião e Maria do Horto partiram.

· 14 ·

Vida tumultuada

A partir daí a vida de Antonio de Castro Alves mudou. Sentia muita falta de Tião, como sentia falta de José Antonio e da mãe. Seu desempenho nos estudos, que já não era dos melhores, piorou. Durante as aulas, ficava escrevendo poemas ou desenhando, o que irritava os professores. Não aparecia na faculdade; acabou sendo reprovado por causa das faltas. E, o pior de tudo: não estava bem de saúde; começava a ter os mesmos sintomas da doença que matara a mãe, a tuberculose. Mas não se queixava, não ficava acamado. A vida representava para ele um desafio, que enfrentava com verdadeira volúpia.

Porque estava apaixonado. Tião estava certo. Sua vida agora girava em torno de Eugênia Câmara, cujo olhar o hipnotizava:

> *Teus olhos são negros, negros,*
> *Como as noites sem luar...*
> *São ardentes, são profundos,*
> *Como o negrume do mar; [...]*

No mar dessa paixão, Castro Alves tentava navegar, como os gondoleiros que, na cidade de Veneza, conduzem aqueles frágeis barcos, as gôndolas; aliás, ele rotulava a si próprio como um "gondoleiro do amor", em busca de sua amada. Às vezes julgava tê-la conquistado; em outros momentos ela lhe parecia inteiramente distante. Porque, em matéria de amores, Eugênia Câmara era uma mulher inconstante: tinha muitos homens, a maioria deles bem mais velhos que Antonio. Ele tentava se aproximar de todas as maneiras possíveis e imagináveis: assediava-a, mandava flores, escrevia-lhe versos...

No meio desse torvelinho, arranjou um rival, o sergipano Tobias Barreto. Oito anos mais velho que Castro Alves, Tobias Barreto também era estudante de Direito no Recife, também era um jovem de grande cultura (havia sido professor de latim), também era admirador de Victor Hugo, também era poeta. Um tipo agitado; roupas em desalinho, chapéu de banda sobre a cabeça; percorria a cidade fazendo discursos, conclamando a população a aderir a esta ou àquela causa. E também declamava versos no teatro; naquela época isso era comum, fazia até parte do espetáculo.

Ao contrário de Tobias Barreto, Castro Alves andava sempre elegantemente vestido, com uma flor na lapela, e às vezes até se maquiava um pouco, para fazer o tipo romântico: pálido, lábios vermelhos. Também ele declamava no teatro, e volta e meia se estabeleciam entre os dois verdadeiros torneios poéticos. Interrompidos quando, no final daquele ano de 1865, Antonio viajou à Bahia.

Encontrou o pai muito doente. A morte de José Antonio abalara profundamente o doutor Alves, que, ademais, enfrentava graves problemas financeiros: usara todo o seu dinheiro na construção de um hospital e na compra de equipamentos, mas não tivera o rendimento esperado e agora se via em apuros para sustentar a numerosa família. As preocupações eram tantas que ele, cardíaco, acabara adoecendo. Tinha de ficar em repouso, coisa que a ele, homem ativo, desgostava. Mas podia contar com o apoio da família, que estava sempre presente: a segunda esposa, dona Maria, e os irmãos de Antonio, Guilherme, com catorze anos, Elisa, de doze, Adelaide, de onze, Amélia, de nove. A eles, Antonio agora se juntava, ansioso e pesaroso.

Uma noite estava sentado junto ao leito do pai, no quarto iluminado apenas por uma lamparina. O doente, respiração ofegante, dormitava. De repente, abriu os olhos, mirou fixamente o filho. Por alguns instantes ficaram assim, a se olhar. Finalmente o doutor Alves disse:

— Se você tivesse estudado medicina, poderia agora estar cuidando de seu pai...

Sorriu, debilmente:

— Só não adiantaria muito. Meu caso é complicado, filho, muito complicado. Meus colegas não conseguem resolver o problema. Muito menos eu.

Uma pausa, e continuou:

— Eu sempre quis que você fosse médico, como eu. Mas não foi a mim que você puxou, foi a seu tio, João José. Você é um rebelde, como ele. Um rebelde talentoso. Eu sempre disse a meu irmão que ele deveria seguir o seu próprio caminho, ainda que eu discordasse de suas ideias e posições. Pois o mesmo digo agora a você, Cecéu, do meu leito de morte: siga seu caminho. Torne-se poeta. É o que você sempre quis ser; é o que você será, um grande poeta. Eu estava errado. Poesia é importante. Pode não curar doenças — e que medicina curou minha doença? —, mas certamente ajuda as pessoas a viverem melhor. Seja poeta, Antonio. E lute pelo que você acha certo.

Calou-se, ofegante. Antonio soluçava. Tomou a mão do pai entre as suas e a beijou, reverente.

Poucos dias depois o doutor Alves faleceu.

Muita gente veio ao velório: o médico era conhecido e estimado na Bahia inteira. Antonio estava recebendo os pêsames de um colega do pai quando alguém tocou seu ombro. Virou-se: diante dele estava, numa roupa de muito mau gosto, aquele homem troncudo, com seu enorme bigode, e cara antipática, o feitor Duarte:

— Meus sentimentos, senhor Antonio.

Antonio agradeceu, seco. Duarte continuou:

— Fazia tempo que não nos víamos. O senhor era um menino, quando vivia lá na fazenda; agora é um homem. O tempo passa...

Olhou para o corpo no caixão:

— Era um cavalheiro, o doutor Alves. Pessoas como ele não existem mais.

Pigarreou:

— Eu sei que este não é o melhor lugar, nem é o melhor momento, mas há uma coisa sobre a qual eu preciso lhe falar, senhor Antonio. É algo que há tempos me incomoda.

— O que é? — perguntou Antonio, intrigado e irritado: decididamente não gostava daquele Duarte. Tião tinha razão: era mau-caráter, aquele sujeito. Mesmo tentando parecer gentil e bonzinho, o feitor não conseguia disfarçar a grosseria, a agressividade.

— Há muito tempo fugiu um escravo lá da fazenda. O Tião. O senhor Antonio decerto se lembra dele: brincavam juntos... Pois é, ele fugiu. Apesar de toda a minha vigilância, fugiu. O que me deixou muito contrariado: foi a primeira vez que alguém escapou da senzala que administro. Falei para seu pai, que não deu muita importância ao assunto, e até me pediu para esquecer o tal Tião, mas eu disse a ele que era questão de honra e que não descansaria enquanto não achasse esse homem. Ele é escravo, e tem de trabalhar como escravo. Pode ser que alguém esteja ocultando e protegendo esse negro; não sei. O que eu quero dizer, senhor Antonio, é que eu vou trazer o tal Tião de volta, custe o que custar.

Antonio sentiu aquilo como uma ameaça velada. Mas não se deixaria perturbar:

— Muito bem, então o Tião fugiu. Acontece: escravos fogem. Mas não estou entendendo bem o que o senhor quer me dizer.

— Bem... Quando o senhor era criança, esse negro se considerava seu amigo. Pode ser que ele procure o senhor...

— Se isso acontecer, eu saberei o que fazer, senhor Duarte. Criança não sou mais, pode ter certeza.

— Eu sei. Mas é poeta. — Agora tentava gracejar. — Os poetas às vezes estão um pouco distantes da realidade.

— Não é meu caso, senhor Duarte. Realidade é coisa da qual não me distancio. Sinto-me profundamente comprometido com a situação do país. Apesar de ser, como o senhor diz, poeta.

— E bom poeta, pelo que ouvi falar. Não entendo muito dessas coisas, mas dizem até que o senhor faz versos contra a escravidão...

Sorriu:

— Só espero que seus poemas não me façam perder o emprego, senhor Antonio. Sou feitor de escravos, o senhor sabe. Conheço bem os negros, e sei que, por natureza, eles são indolentes, preguiçosos. Têm de ser tratados com energia. Nem todos entendem isso, e há muitos proprietários de escravos que se equivocam a respeito, pensando que podem fazer concessões. Com todo o respeito, eu lhe digo: é um erro, senhor Antonio. Um grave erro, que, se não for corrigido, vai custar muito caro a este país. Porque...

Aquilo era demais, mesmo para o educado Antonio. Irritado, ele interrompeu o feitor:

— Desculpe, senhor Duarte, mas este não me parece o lugar, nem o momento, para esse tipo de conversa. Acabei de perder meu pai, estou sofrendo muito. Além do mais, há pessoas a quem devo agradecer a presença aqui no velório. Há algo mais que o senhor queira me dizer?

— Não, senhor Antonio. Mas, se o senhor souber alguma coisa desse tal de Tião, me avise. Vou atrás dele onde estiver. Como lhe disse, é uma questão de honra. Não desistirei.

— Está bem. Agora me dê licença.

E se afastou. Ficou conversando, em voz baixa, com os colegas do pai. Mas não deixou de notar que, de longe, o feitor Duarte continuava a olhá-lo, desconfiado.

15

Notícias de Tião

Antonio retornou ao Recife muito deprimido. A vida parecia-lhe apenas uma sucessão de perdas: primeiro a mãe, depois o irmão, agora o pai. E, pior, não tinha com quem partilhar seu sofrimento. Se ao menos Tião estivesse ali, se ao menos ele pudesse desabafar com o amigo! Volta e meia passava pela casa abandonada, e às vezes chegava a entrar, com a esperança de encontrar ali Tião e Maria do Horto. Mas o casarão, com sua fama de mal-assombrado, continuava vazio.

Permanentemente acabrunhado, não dormia, não comia, tinha crises de pranto. Os amigos, preocupados, tentavam animá-lo:

— Você não pode se entregar à tristeza, Antonio. Você é um lutador.

Por insistência deles, começou a participar de várias atividades de caráter político. Na mesma rua do Hospício, e com outros jovens, entre os quais estava Rui Barbosa, fundou uma associação abolicionista. Acabar com a escravidão se tornara para ele uma causa muito importante; de algum modo estava assim ajudando o seu amigo Tião. Isso lhe custava novas brigas com Fagundes; para evitar discussões, acabou se afastando do grupo. Mesmo porque havia quem mobilizasse seus pensamentos... e seu coração.

Eugênia Câmara.

Para sua surpresa, ele continuava apaixonado. Achara que, depois dos duros transes pelos quais passara, nunca mais se interessaria por mulher nenhuma. A verdade, porém, é que Eugênia era para ele uma verdadeira obsessão.

— Hei de tê-la — repetia a si mesmo. — Hei de tê-la, e a qualquer preço.

Decidido a conquistá-la, não a perdia de vista; ia a todos os espetáculos em que ela aparecia. A paixão por Eugênia de algum modo acabou alimentando sua rivalidade com Tobias Barreto. Este era fervoroso admirador de outra atriz famosa, Adelaide do Amaral. Adelaide e Eugênia trabalhavam na mesma companhia teatral, disputando a preferência do público. Antonio e Tobias participavam nessa competição; como os cavaleiros da Idade Média, cada um tinha a sua dama. O teatro se tornou para eles a arena de combate: nos intervalos das peças, ambos declamavam seus poemas, aplaudidos pelos espectadores.

A briga não ficava nisso: Antonio e Tobias se atacavam mutuamente através de jornais e revistas literárias. Antonio acusava o adversário de baixaria: "Desceu tanto, que desapareceu completamente aos nossos olhos". Contando com a simpatia de outros poetas, saía-se melhor nessas disputas, mas muitas vezes se perguntava se valia a pena aquilo tudo, se não se tratava apenas de uma questão de vaidade. Uma dúvida que gostaria de discutir com o amigo Tião, mas onde andaria ele?

A resposta veio mais cedo do que esperava.

Certa noite, Antonio voltava para casa, vindo do teatro. Era tarde e a rua estava deserta. Aí ouviu passos atrás de si. Voltou-se, e avistou um jovem mulato que evidentemente o seguia. Outro teria apurado o passo; não Antonio, que não fugia diante de qualquer perigo, real ou imaginário. Deteve-se e, tirando do bolso a pequena pistola que carregava consigo, dispôs-se a interpelar o rapaz. Que, agora podia ver, não parecia um assaltante. Ao contrário, fez um gesto amistoso:

— Não se assuste, senhor Antonio. Sou de paz. — Mostrou um envelope: — Trago uma mensagem para o senhor... Uma mensagem de seu amigo Tião.

— Tião? — perguntou Antonio, surpreso e emocionado. — Você viu o Tião? Onde é que ele anda? O que está fazendo?

— Acho que está tudo escrito aí na carta, senhor Antonio. — Vendo que Antonio já rasgava o envelope, extraindo dali a missiva, acrescentou: — O senhor pode ler com calma. E, se quiser responder, amanhã à noite, mais ou menos a esta hora, estarei na frente de sua casa esperando para levar ao Tião a sua mensagem.

Era uma carta, sim. Uma carta longa, escrita em caprichada letra. Antonio tentou lê-la, mas na semiescuridão não conseguiu; despediu-se do rapaz, não sem antes lhe pedir que não faltasse ao encontro da noite seguinte, e correu para casa, sentou próximo à lamparina e desdobrou as várias folhas de papel, preenchidas com letra caprichada.

Tião começava saudando seu amigo, "Sinhozinho Antonio". Em seguida, contava o que acontecera depois que ele e Maria do Horto haviam deixado Recife: "Andamos muitas léguas e vivemos muitas aventuras. Só para contá-las eu teria de usar muitas folhas, mas papel por aqui é coisa escassa...". Depois de muito caminhar haviam encontrado, no meio do sertão, um lugar de terras devolutas: "Parece que não têm dono; o certo é que nunca ninguém apareceu para reclamá-las". Ali se haviam instalado, numa cabana feita de galhos e troncos e coberta com folhas de palmeira. "No começo, não sabíamos bem o que fazer, mas tivemos sorte de encontrar ajuda: índios que vivem aqui perto nos deram comida, sementes e até alguns animais." Puseram mãos à obra: semearam, cuidaram da lavoura, obtiveram uma boa colheita. Outros escravos fugidos se juntaram a eles, como acontecera em Palmares. "Acabamos formando uma pequena comunidade, da qual eu sou o chefe. Eu não pedi, eles é que me escolheram. A verdade é que não precisamos de chefe algum; vivemos muito bem, todo mundo trabalha. Plantamos milho, feijão, mandioca, criamos bois, vacas, cabras; melhoramos as moradias que já não são cabanas, são casas mesmo, só que cobertas de sapê, como é o costume aqui na região." Por proposta dele, Tião, o lugar recebera o nome de Palmares Dois: "Uma homenagem a você, à ideia que você nos deu". E Palmares Dois parecia estar indo bem: "Estamos felizes, ninguém nos incomoda, não incomodamos ninguém; ao contrário, temos amigos, gente que aparece aqui para comprar nossa produção e para vender ferramentas, roupas, essas coisas. Livros, papel e tinta, também. Eu faço questão disso, continuo lendo e escrevendo".

E aí a novidade: "Sou pai! Há dois meses a Maria do Horto teve um lindo menino, que nós chamamos de Antonio, em sua homenagem. Espero que o nome dê sorte e que ele seja também um grande poeta! Assim que ele crescer um pouco, vou ensiná-lo a ler e a escrever. É essa a nossa vida, uma vida boa, a melhor vida que poderíamos desejar. E mais, é o começo de uma nova existência para os negros do Brasil. Somos poucos ainda, mas um dia seremos muitos.

Como você disse um dia, é a chuva que faz o mar. Nós ainda somos chuva, chuva miúda, mas um dia a chuva vai engrossar e isso aqui será um mar, um mar de gente. Maria do Horto, Antonio e eu queremos que você venha aqui, conhecer Palmares Dois. Mas não conte a ninguém sobre nós. Um dia seremos reconhecidos e aceitos; por enquanto é cedo para isso". Havia um P.S.: "Aquele 'Sinhozinho' que eu escrevi no início é só um termo carinhoso para você lembrar os velhos tempos".

As lágrimas corriam pelo rosto de Antonio quando ele terminou a leitura. Não saberia dizer, naquela carta, o que o havia comovido mais. O amigo Tião estava realizando seu sonho de um novo Palmares; estava feliz e se tornara pai! Pai de um menino cujo nome o homenageava! Aquilo até lhe dava uma pontinha de inveja: quando ele, Antonio, seria pai também? Tal possibilidade era remota. Sua ligação com Eugênia era instável demais; a própria atriz lhe dissera que não era constante em seus afetos, que Antonio não deveria esperar dela fidelidade. E além disso tinha, ela própria, uma filha, de um outro homem. Uma filha que olhava para Antonio com estranheza e até ressentimento.

Mas isso pouco importava. Depois de todos os desgostos pelos quais passara, a carta de Tião representava para ele um consolo, uma mensagem de esperança, a expressão de um sonho de justiça. Uma passagem da Bíblia veio à sua mente, um trecho de Isaías, o profeta da paz: "Virá o dia de felicidade e justiça para todos". Lembrou o poema que ele próprio havia escrito, "O vidente":

> *Quebraram-se as cadeias, é livre a terra inteira,*
> *A humanidade marcha com a Bíblia por bandeira;*
> *São livres os escravos... quero empunhar a lira,*
> *Quero que est'alma ardente um canto audaz desfira,*
> *Quero enlaçar meu hino aos murmúrios dos ventos,*
> *Às harpas das estrelas, ao mar, aos elementos!*

Era preciso dar notícias a Tião e ele tratou de escrever uma carta. Que, no entanto, não saía com facilidade. Sim, poderia falar sobre seu trabalho com os abolicionistas; mas, e de resto? Contar sobre Eugênia Câmara? Pressentia que esse tema não agradaria a Tião, muito menos a história de sua competição com Tobias Barreto. Imaginava o amigo resmungando: "O Cecéu fica perdendo tempo com essas briguinhas, em vez de fazer o que, segundo ele mesmo diz, é importante: escrever, lutar por um Brasil melhor". E depois havia as más notícias, a morte do pai. De qualquer maneira redigiu uma missiva, não tão extensa quanto a de Tião; não tão entusiasta, mas afetiva, de qualquer modo. Colocou-a no envelope com uma cópia do poema. E aí a dúvida: apareceria, o rapaz, na noite seguinte?

Apareceu. À noite lá estava ele, diante da casa, como prometera. Antonio entregou-lhe a carta. E tinha uma pergunta:

— Se eu quiser me comunicar com Tião, como faço?

— Não se preocupe — respondeu o mensageiro. — Ele sabe como achar o senhor. Não posso falar muito sobre isso, mas lhe asseguro que temos contatos aqui.

A afirmação deixou Antonio intrigado. Então Tião e seus amigos tinham conexões na cidade... Quem? Algum abolicionista? Algum escravo liberto? Mas não insistiu. Quis dar algum dinheiro ao rapaz, que recusou e desapareceu na escuridão.

Aproximava-se a época dos exames. Dessa vez Antonio resolveu se preparar e estudou com afinco. Saiu-se muito bem, foi aprovado e elogiado pelos professores. Foi passar as férias num povoado chamado Barro. Ali escreveu uma peça teatral, *Gonzaga ou A Revolução de Minas*, em homenagem à Inconfidência Mineira. Na cena culminante, os inconfidentes Joaquim José da Silva Xavier (o Tiradentes), Tomás Antonio Gonzaga, Inácio José Alvarenga, Claudio Manuel da Costa, o padre Carlos Correia de Toledo e outros descobrem que foram traídos por Silvério dos Reis. Tiradentes brada então: "Nossa pátria foi vendida! E em que momento! Quando a revolução levantava a cabeça, quando a América despertava... O povo vai gemer ainda no cativeiro! Os vampiros vão beber a última gota do sangue desta nobre terra!". E Gonzaga: "Não nos deixaram viver pela pátria, morreremos por ela".

Leu-a para amigos, no Teatro Santa Isabel. Todos gostaram muito. Só faltava agora levá-la ao palco. Os papéis foram distribuídos, ensaios foram feitos; a estreia chegou a ser anunciada, mas Antonio mudou de ideia: resolveu encená-la na Bahia. Para lá foi com Eugênia Câmara, a quem reservara um papel importante na peça. Antes de partir, caminhou ainda uma vez pela rua em que tantas vezes passeara com José Antonio, e onde encontrara Tião. Sim, muitas emoções ligavam-no àquela cidade, à qual não mais voltaria.

16

Anos de inquietação

Na Bahia, Antonio inicialmente morou com Eugênia em um hotel. Depois foi para a chácara da Boa Vista, agora desocupada: seus familiares haviam mudado para uma outra casa. Muitos amigos vinham visitá-lo ali, para ler poemas e falar sobre literatura. Antonio lia bastante, especialmente seus poetas preferidos, o francês Victor Hugo e o inglês Lord Byron. Victor Hugo, poeta, romancista, dramaturgo, autor de *Os Miseráveis* e *O Corcunda de Notre-Dame*, abordava em suas obras temas sociais, tomando a defesa do pobre e do oprimido; era tão popular que, quando faleceu, mais de três milhões de pessoas acompanharam seu funeral em Paris. Byron também era muito popular; inspirou um estilo chamado byronismo. Amante da liberdade, deixou a Inglaterra para lutar na Grécia contra os turcos, que então dominavam aquele país. Mas sua poesia fala muito de frustração, de uma mórbida atração pela morte, coisa tão comum no século XIX que foi chamada de mal do século. Foi talvez sob influência de Byron que Castro Alves escreveu, aos dezessete anos, o poema "Mocidade e morte", em que dizia:

E eu sei que vou morrer... dentro em meu peito
Um mal terrível me devora a vida: [...]

E mais adiante:

Adeus, pálida amante dos meus sonhos!
Adeus, vida! Adeus, glória! amor! anelos!

A verdade, porém, é que Antonio e seus amigos gostavam de se divertir. Organizavam festas, piqueniques, brincadeiras; à noite, vestidos como fantasmas, assustavam o pessoal da vizinhança.

Mas nem tudo era festa ou brincadeira. Antonio agora tinha projetos, alguns ambiciosos. Queria ter êxito no teatro; formou uma companhia teatral para Eugênia. A peça de estreia foi uma comédia que obteve grande sucesso. Animado, Antonio começou a preparar a encenação de Gonzaga, na qual depositava muita fé.

Vida movimentada, portanto. Embora não fosse alegre. Por causa, principalmente, da incerteza na relação com Eugênia, que às vezes parecia amá-lo com paixão e outras vezes se mostrava indiferente, distante; e, claro, por causa da falta que sentia do pai, da mãe, do irmão falecido, do irmão Guilherme, das irmãs. Seu ânimo oscilava entre a alegria e a tristeza: "Eu vou sempre no mesmo: trevas e luz", escreveu a um amigo.

E Tião, onde andaria? O que estaria fazendo? Depois da carta, nunca mais recebera notícias; não sabia a que atribuir esse fato. Talvez o mensageiro o tivesse procurado, em vão, em Recife, ignorando sua mudança para a Bahia. Mas o mesmo mensageiro dissera que Tião saberia como achá-lo; por que, então, não enviava alguma mensagem, por curta que fosse? O que estaria acontecendo em Palmares Dois? Seus pressentimentos não eram dos melhores, e por causa deles teve, uma noite, um sonho muito ruim. Sonhou que Tião e Maria do Horto haviam caído nas águas revoltas de um rio encachoeirado. Pediam-lhe socorro mas ele, imobilizado na margem, não podia fazer nada. Tentava gritar, a voz não lhe saía da garganta, faltava-lhe a respiração... Acordou suando abundantemente. O que aliás agora lhe acontecia com frequência: aquele suor noturno era sinal da tuberculose que continuava avançando, destruindo seus pulmões.

Nessa época começou a escrever uma nova obra, *A cachoeira de Paulo Afonso*, conjunto de trinta e três poemas. Contava a história do escravo Lucas, cuja amada, a também escrava Maria, é seduzida pelo meio-irmão de Lucas, filho do senhor dos escravos. Desesperados, Lucas e Maria decidem se matar, jogando-se na cachoeira de Paulo Afonso. No delírio final de Maria, a morte se confunde com a união dos dois:

> *A canoa rolava!... Abriu-se a um tempo*
> *O precipício!... e o céu!...*

No dia 7 de setembro daquele ano de 1867, a peça *Gonzaga* estreou no Teatro São João. Um espetáculo de gala, ao qual compareceu toda a sociedade baiana. Eugênia Câmara saiu-se muito bem. Ao final de cada ato, e foram quatro atos, Antonio era chamado ao palco e delirantemente aplaudido. Os fãs levaram-no nos ombros até o Hotel Figueiredo, onde lhe ofereceram um grande banquete. Animado pelo sucesso, Antonio resolveu levar a peça para o Rio e São Paulo. Partiu de navio, em fevereiro de 1868, acompanhado de Eugênia Câmara e da filha dela.

No Rio de Janeiro, Antonio foi muito bem recebido. Visitou o famoso romancista José de Alencar, autor de *O Guarani*, para quem leu *Gonzaga* e recitou poemas. Alencar gostou muito. Achou a poesia um tanto exagerada, mas, como disse em um artigo de jornal: "A mocidade é uma sublime impaciência. A sobriedade vem com os anos". Alencar o encaminhou a Machado de Assis, que também gostou dos poemas e notou igualmente a "exuberância" do poeta, atribuindo-a à influência de Victor Hugo. De qualquer modo, Antonio começava a fazer parte do círculo mais seleto dos grandes escritores e poetas do Brasil.

Do Rio, Antonio e Eugênia seguiram para São Paulo. Matriculou-se no terceiro ano da Faculdade de Direito.

Na "bela cidade das névoas", cujo frio ele, baiano, estranhava, Antonio tornou-se uma figura conhecida. Compunha um tipo: vestido de preto, pálido (a palidez acentuada pelo pó de arroz), não raro com uma expressão de tristeza no rosto, fascinava o público, sobretudo o público feminino, no teatro e nas festas. Ele era na época o equivalente aos atores de tevê de hoje, aqueles cujas fotos aparecem nas capas de revistas. Escreveu um contemporâneo seu, Lúcio de Mendonça: "Quando mostrava-se à multidão, já entusiasmada só de vê-lo, quando a inspiração acendia-lhe nos olhos os fulgores deslumbrantes do gênio, era grande e belo como um deus".

Mas nem tudo ia bem. Como de costume, Antonio faltava às aulas e, no final daquele ano, foi de novo reprovado por causa disso. Sua relação com Eugênia era cada vez mais tumultuada. Os casos que ela mantinha faziam Antonio sofrer atrozmente de ciúmes. Partilhavam um interesse comum, a peça *Gonzaga*, mas as brigas se sucediam, e davam origem a comentários e maledicências; contava-se na cidade que ela o tinha expulsado de casa com roupas, livros, tudo. Um dia, para intimidá-la, contou-lhe a história de Julia Feital. E concluiu:

— Homens podem matar por causa de ciúmes, Eugênia. Lembre-se disso.

Ela se limitou a sorrir, irônica:

— Se você quiser me dar um tiro com bala de ouro, pode disparar que eu aceito. Ouro vale bom dinheiro, você sabe.

"Esqueça essa mulher", diziam os amigos, "ela será a sua desgraça".

Antonio sabia que tinham razão. No fundo, preferiria talvez Semi, a bela filha de Isaac Amzalack, como namorada. Mas a hebreia, como ele a chamava, estava longe, junto do ciumento pai. Perto estava Eugênia, a "Dama Negra" que, como ele disse no poema "Dalila", tinha "o seio de fogo e a alma fria". Não era, como Maria do Horto para Tião, uma companheira.

Maria do Horto, Tião; por onde andariam? A ausência de notícias deixava Antonio cada vez mais inquieto. Temia o pior: que Palmares Dois tivesse tido o mesmo destino da primeira Palmares, destruída, seus habitantes mortos ou novamente escravizados. Seria essa a sina dos negros no Brasil? Viveriam sempre com a lembrança do navio negreiro?

Navio negreiro: esse era um tema no qual Antonio pensava constantemente. Imaginava aquela sinistra nau, imaginava os escravos acorrentados como animais. E um poema foi nascendo em sua mente, colocando em palavras o "sonho dantesco", o sonho cujo cenário imitava o inferno descrito pelo grande poeta italiano Dante Alighieri. Via o sangue correndo pelo tombadilho, ouvia "tinir de ferros, estalar do açoite". É o capitão que ordena: "Vibrai rijo o chicote, marinheiros!/ Fazei-os mais dançar", enquanto "ri-se, Satanás". E aí o poeta interpela a Deus:

Senhor Deus dos desgraçados!
Dizei-me vós, Senhor Deus!
Se é loucura... se é verdade
Tanto horror perante os céus...

Pede socorro à natureza:

Ó mar! por que não apagas
Co'a esponja de tuas vagas
De teu manto este borrão?...
Astros! noite! tempestades!
Rolai das imensidades!
Varrei os mares, tufão!...

Mas não se tratava apenas de suplicar a Deus, ou ao mar, ou aos ventos. Havia uma acusação a ser feita, uma acusação difícil, vergonhosa. Mas ele não deixaria de fazê-la:

E existe um povo que a bandeira empresta
P'ra cobrir tanta infâmia e cobardia!...

"Que bandeira é esta", ele se pergunta e pede à musa, à deusa que lhe inspirou o poema:

[...] Musa! chora, chora tanto
Que o pavilhão se lave no teu pranto...

Esse pavilhão, ele o conhece bem. É a bandeira de sua pátria:

Auriverde pendão de minha terra,
Que a brisa do Brasil beija e balança,

Estandarte que a luz do sol encerra,
E as promessas divinas da esperança...
Tu, que da liberdade após a guerra,
Foste hasteado dos heróis na lança,
Antes te houvessem roto na batalha,
Que servires a um povo de mortalha!...

E conclui, desesperado, com um apelo a José Bonifácio de Andrada e Silva, o Patriarca da Independência, e a Cristóvão Colombo, que, atravessando o mar, chegou à América:

Levantai-vos, heróis do Novo Mundo...
Andrada! arranca este pendão dos ares!
Colombo! fecha a porta de teus mares!

Quando terminou de recitar a si próprio esse poema, Antonio de Castro Alves estava em prantos. Pensava nos escravos entre os quais crescera, pensava em Leopoldina, mas sobretudo pensava em Tião. O poema era dedicado ao amigo, mas poderia algum dia lê-lo para ele? Veria de novo Tião? Seria o destino capaz de uni-los novamente?

· 17 ·

O acidente

O destino interveio, sim, de maneira inesperada, e até grotesca.

No dia 11 de novembro de 1868 Antonio foi caçar. Era uma atividade que, como outros jovens de posses, praticava de vez em quando; aliás, alguns de seus poemas aludiam à caça. A arma era uma espingarda que ele transportava com o cano para baixo. Ao saltar um valo, a espingarda disparou; a carga de chumbo o atingiu no pé. Perdendo muito sangue, com dores terríveis, conseguiu se arrastar até uma casa próxima, cujos moradores chamaram um médico. Dali, foi levado para sua residência, mas logo ficou claro que o ferimento era muito grave. Teve uma infecção, algo que naquela época, em que ainda não existiam antibióticos, representava um grande perigo. Ficou seis meses de cama; e, acamado, escreveu um poema chamado "Quando eu morrer". Nele fala da "nau do sepulcro", tão tétrica quanto o navio negreiro:

Que povo estranho no porão profundo!
Emigrantes sombrios que se embarcam
Para as plagas sem-fim do outro mundo.

A tuberculose agravou-se e ele começou a escarrar sangue. O ferimento também piorava a cada dia. Levaram-no para o Rio de Janeiro. Lá foi operado; os médicos viram que já havia infecção no osso e decidiram amputar o pé. Comunicaram-lhe a decisão. Ele sorriu, melancólico, disse que podiam fazer a operação; para ele, ser espiritual, seria até melhor:

— Ficarei com menos matéria que o resto da humanidade.

De novo teve de ficar em repouso por vários meses; finalmente, os médicos colocaram-lhe um pé artificial — naquela época, feito de borracha. Com auxílio de muletas, ele pôde enfim andar. Decidiu voltar para casa, para a sua Bahia, "minha pátria", como ele dizia. Antes de partir, escreveu um poema de adeus para Eugênia Câmara:

Eu — já não tenho mais vida!
Tu — já não tens mais amor!
Tu — só vives para os risos.
Eu — só vivo para a dor.

Tu vais em busca da aurora!
Eu em busca do poente!
Queres o leito brilhante!
Eu peço a cova silente!

E termina:

Tudo entre nós se acabou!
Adeus!... É o adeus extremo...
A hora extrema soou.

18

A doença se agrava

Voltou a morar com a família: o irmão Guilherme, a irmã Adelaide, de quem gostava muito, e dona Maria, que, diferente das madrastas dos contos de fadas, tratava-o com grande carinho. E aí se entregou ao trabalho: escrevia seus poemas, traduzia Byron, e começou a juntar seus trabalhos publicados para um livro que se chamaria *Espumas flutuantes*. Agora parecia bem melhor, praticamente recuperado; até se apaixonou de novo, pela cantora italiana Agnese Murri. Viúva, Agnese viera ao Brasil com uma companhia lírica; apresentava-se em espetáculos e dava aulas de canto. Uma de suas alunas era Adelaide, a irmã de Antonio. Impressionava ao poeta seu "marmóreo palor", a palidez de mármore da face de Agnese e também suas mãos:

> *Era u'a mão fidalga... exígua, escassa!*
> *Mão de Duquesa! Era u'a mão de raça!*
> *De sangue azul, em veios de Carrara!*
> *Alva, tão alva que vencia a ideia*
> *Das neblinas, dos gelos e da garça!...*
> *Amassada no leite de Amalteia*
> *Aquela mão tão rara!*

Numa das ocasiões em que, sozinha na sala, Agnese esperava por Adelaide, Antonio tentou beijá-la; ela resistiu, protestando:

— Você não sabe, Antonio, que mulher beijada é mulher desonrada?

E acrescentou: se oferecesse sua boca a ele, jamais poderia beijar as alunas com os "lábios impuros de um criminoso amor". A sociedade baiana perderia a confiança nela.

O poeta se queixou em versos:

Fria Carlota! cobre-te de pejo...
Mataste a sede de uma alma!
Fizeste o crime... de negar um beijo!

Mesmo assim, continuou apaixonado; mas era uma paixão distante, sem contato físico. Nada de comparável a seu tumultuado caso com Eugênia Câmara.

Não esquecia seus ideais. Compôs uma "Saudação a Palmares" ("Palmares! A ti meu grito!"), à qual deveria se seguir um poema maior, contando a história da República dos Palmares.

Não esquecia Tião, de quem há muito não tinha notícias, fato que o deixava apreensivo, imaginando o pior. Também alarmavam-no as informações que chegavam da fazenda: movido por sua ideia fixa, Duarte se mantinha firme no propósito de encontrar o escravo e de castigá-lo exemplarmente.

— O homem só pensa nisso — comentou Leopoldina, que tinha vindo visitar "o seu menino". — A todo viajante que passa pela fazenda ele pergunta se, por acaso, não conhece o Tião. E parece que já conseguiu alguma informação sobre o paradeiro do moleque.

Tinha envelhecido muito, a Leopoldina; estava agora encurvada, com o cabelo completamente branco. Mas se lembrava bem das travessuras do menino, as histórias que contava para ele:

— Você acreditava naquilo, Cecéu?

— Claro — replicou Antonio, de bom humor. — E continuo acreditando. Você sempre falou a verdade, não é, Leopoldina?

Riram os dois.

— Você quis me poupar — disse Antonio, com um suspiro. — E eu agradeço a você. Bem gostaria eu que meus poemas encantassem as pessoas, como suas histórias.

— Você é um bom menino, Cecéu — murmurou ela. — Um bom menino. Deus vai protegê-lo, você verá. Deus vai devolver a sua saúde.

Os meses que se seguiram confirmaram, aparentemente, a otimista previsão de Leopoldina. Antonio melhorou, pôde até viajar; foi para o interior, passou uns meses na propriedade do avô no interior da Bahia. Por ali andava muito a cavalo, acompanhado por Gregório, filho de Leopoldina. Gregório fora muito amigo de Tião; diferente deste, contudo, era um escravo resignado com sua própria sorte:

— Eu nunca teria coragem de fazer o que o Tião fez. Eu morria de medo do Duarte...

Contava que o feitor continuava determinado no seu propósito de encontrar o escravo fugido:

— Rezo para que isso não aconteça, sinhozinho. Porque, se acontecer, pobre do Tião. Ai dele se cair nas mãos daquele malvado Duarte. Será o fim do coitado.

Antonio se preocupava com Tião, mas a verdade é que seu estado também não era nada bom. A melhora foi transitória; a doença logo voltou a se manifestar, implacável. Continuava emagrecendo, tinha febre, tossia, escarrava sangue. Voltou para a capital, onde passava agora a maior parte do tempo acamado. Os amigos vinham visitá-lo; Agnese Murri também. Amavam-se, eles; um amor sem sexo, um amor sem esperança, um amor resignado, mas amor, de qualquer modo.

19

Visita inesperada

Em fins de junho Antonio piorou muito. A cidade estava em festa; por toda a parte, as fogueiras de São João, as comemorações, os foguetes espoucando; mas ele quase não podia levantar, tão mal estava. Tinha febre todas as noites, não raro delirava, via diante de si a mãe, o pai, o irmão falecido; e também Julia Feital, bela como sempre, sorrindo, sedutora, e segurando entre o polegar e o indicador algo que reluzia no escuro: a bala de ouro que a matara. Ficavam todos ali, olhando-o em silêncio. "Já estarei com vocês", murmurava Antonio, "já estarei com vocês".

E então, uma manhã, ao acordar, avistou Tião junto do seu leito. Mais uma visão, pensou, mas a irmã Adelaide estava ali também e foi ela quem disse, sorrindo:

— Não, Cecéu, você não está vendo coisas, é o nosso Tião quem veio de longe para vê-lo. Vou deixar vocês conversando...

Saiu. Tião se aproximou. Antonio a custo se soergueu no leito, e eles se abraçaram, demoradamente, ambos emocionados, ambos em lágrimas. Tião se sentou numa cadeira ao lado da cama e ficou ali a observar o amigo.

— Como é que você apareceu de repente? — perguntou Antonio, numa voz rouca, fraca.

— Então você acha que eu iria abandoná-lo? Quando soube do que estava acontecendo, vim imediatamente. E vou ficar aqui, cuidando do meu sinhozinho.

— E como está Maria do Horto? E o meu afilhado, Antonio?

Tião disse que, graças a Deus, estavam bem; mas quando Antonio indagou acerca de Palmares Dois, respondeu, de maneira vaga, que as coisas por lá estavam andando. Antonio não quis insistir. Estava preocupado:

— Você está correndo riscos, Tião. Você é meu amigo, mas é também um escravo fugido. O Duarte anda atrás de você, e você sabe que o Duarte...

— A mim não importa — atalhou Tião. — Não tenho medo desse bandido. Mas por que estamos falando de mim, amigo? Temos de falar de você. Que história é essa de ficar doente? Poetas não podem ficar doentes. Poetas têm de criar beleza.

Antonio sorriu:

— Antes fosse assim, Tião, antes fosse assim... Mas a tuberculose não quer saber se o sujeito é poeta ou operário, príncipe ou mendigo. É uma doença democrática. E eu, que sempre lutei pela democracia, não posso me queixar dela. Estou aqui, derrubado. Mas, se Deus quiser, melhorarei...

— É para isso que estou aqui — disse Tião. — Para ajudar você a melhorar.

Avistou, numa cadeira perto da cama, o pé artificial:

— O que é isso? — perguntou intrigado. — É alguma escultura, alguma obra de arte?

Em resposta, Antonio afastou as cobertas e mostrou o coto da perna.

— Oh, Deus — murmurou Tião, consternado. — O que aconteceu a você, Cecéu?

Antonio narrou o ocorrido. Tião estava perplexo:

— Mas que história é essa de caçar, Cecéu? Para que você precisava caçar? Eu, na minha fuga, tive de matar animais para poder comer. Mas você, ao que me consta, não estava passando fome, estava? E que grande caçador você se saiu! Os outros acertam na onça, na paca. Você dá um tiro no próprio pé, Cecéu?! Francamente! Com a arma da palavra você é notável, mas com arma de fogo você, pelo jeito, é um desastre!

— Eu fui um desastre em tudo, amigo Tião. Nos estudos, na vida amorosa...

Começou a chorar baixinho. Tião o fitava, condoído:

— Não é verdade, Cecéu. Você é um grande ser humano, e sabe disso. Sua tristeza vem da doença. Mas você vai melhorar, garanto. Nós vamos lutar juntos. Você me ajudou quando eu mais precisava, agora quero retribuir um pouco dessa ajuda. Confie em mim, amigo.

Nos dias que se seguiram, Tião foi realmente de muita valia. Ajudava nos cuidados a Antonio; era ele quem, tomando o doente em seus braços fortes, tirava-o da cama e o colocava numa poltrona para que tomasse sol; sol era considerado bom para os tuberculosos. E, igualmente importante, animava as pessoas da casa com seu bom humor. Adelaide, a irmã de quem Antonio mais gostava, não cessava de lhe agradecer:

— Foi Deus quem mandou você, Tião. Você está sendo um grande consolo para o nosso Cecéu.

Como os outros familiares, ela sabia que Tião havia fugido da fazenda. Mas, como os outros familiares, não falava nisso. Para ela, Tião não era um escravo, era um amigo. Guilherme era da mesma opinião:

— No Brasil eu não sei, mas aqui nesta casa a escravidão foi abolida.

Antonio, contudo, sabia que alguma coisa tinha acontecido com Tião. Várias vezes o interrogou a respeito. O amigo sempre desconversava, porém uma tarde em que estavam só os dois no quarto desabafou: sim, algo tinha acontecido em Palmares Dois.

— Como lhe escrevi naquela carta, Cecéu, no começo tudo correu bem. A terra era boa, a gente trabalhava, convivia bem, parecia um paraíso. Muitas pessoas foram então para lá, muitos escravos fugidos. Acolhíamos a todos sem fazer perguntas, sem exigências. E todos se adaptavam muito bem. Até que apareceu o tal de Custódio, um negro alto, forte, com cara de poucos amigos. Confesso a você que já de início não gostei dele. Mas como o homem estava mal, com um ferimento de bala no braço, nós o acolhemos. Durante semanas cuidamos dele. Melhorou, e logo estava participando das nossas reuniões. E falando. Falava um bocado, o Custódio, dizia bobagens a valer. Lá pelas tantas propôs que transformássemos Palmares Dois em um país independente. Já que o Brasil tinha se separado de Portugal, nós também poderíamos nos separar do Brasil. E poderíamos então escolher um rei. Que, claro, seria ele. Disse que descendia de reis africanos e que tinha no sangue a capacidade de governar e de mandar, e que era a pessoa ideal para ocupar o trono de Palmares Dois. Coisa idiota. E perigosa: o sujeito estava criando discórdia entre nós.

Antonio escutava em silêncio, respirando com dificuldade. Tião o observou, preocupado:

— Você não está bem, Cecéu. Quem sabe deixamos essa história para outro dia...

— Não, não. Prossiga. Quero ouvir.

— Tem certeza? Eu preferiria que você descansasse.

— Não, não. Continue. Por favor: eu lhe peço, Tião, continue.

Tião continuou:

— Até então a questão de saber quem mandava não tinha surgido entre nós, e olhe que àquela altura já éramos mais de duzentos, entre homens, mulheres, crianças. Como eu sempre repetia, na verdade não precisávamos de chefe e muito menos de rei. Cada um sabia o que fazer; quando havia algum problema, alguma discussão, era a mim que o pessoal recorria. O Custódio não gostava disso: tinha sede de poder, Cecéu. Queria mandar. E achava que eu era o seu principal concorrente. Começou a fazer intrigas contra mim. A coisa chegou a um ponto tal que fui obrigado a convocar uma reunião geral. Estávamos todos lá, sentados no terreiro ao redor do qual ficavam nossas cabanas. O ambiente era de muita tensão, de muita expectativa. Pedi a palavra e, no tom mais calmo possível, expliquei que tínhamos de nos manter unidos, que brigas internas representariam o nosso fim. Disse também que o nosso país era o Brasil, que um dia a escravidão seria abolida e que nos tornaríamos cidadãos iguais a todos os brasileiros.

Todo mundo aplaudiu, menos o Custódio, que estava furioso. Gritou que eu não passava de um covarde, de um traidor, e que aquele era o momento de decidir: ou o escolhiam como rei ou ele iria embora. Pediu que levantasse a mão quem o apoiava. Nenhuma mão se ergueu, Cecéu. Nenhuma. O homem não teve dúvidas. Entrou na sua choça, pegou as coisas e se foi. O pessoal todo ficou aliviado; eu, não. Eu estava preocupado. Tinha medo de que ele, transtornado de raiva, fizesse alguma coisa ruim contra nós. Fui atrás dele. Alcancei-o a uns quilômetros dali, tentei convencê-lo a voltar. Ele disse que não faria isso e, mais, que se vingaria. Aí me olhou e disse:

"Eu sei quem você é, Tião. Sei que você fugiu de uma fazenda administrada pelo feitor Duarte. Sei também que ele anda atrás de você. Você não perde por esperar, Tião. Você não perde por esperar". Confesso que aquela ameaça me assustou. O homem era bandido mesmo, Cecéu. E, antes que eu pudesse lhe pedir que não fizesse nada contra nossa gente, virou as costas e partiu. Fiquei ali, cheio de maus pressentimentos.

Calou-se, o olhar perdido.

— Eu sabia que tinha de levar a ameaça a sério. Mas o que fazer? Preparar nossa defesa? De que jeito? Não tínhamos armas, não tínhamos dinheiro. Chamei alguns dos meus amigos mais chegados, contei a eles o que tinha ouvido. Tratamos de preparar um plano de fuga. E, de fato, um mês depois soubemos que um destacamento de soldados estava em marcha para nos atacar. Com eles, quem vinha? O Duarte, claro. Ele sabia de tudo sobre Palmares Dois, sabia onde estávamos e quantos éramos, isso graças àquele delator, o Custódio. Ele e Duarte haviam guiado a tropa que ali estava, bem armada, até um pequeno canhão eles traziam. Não havia como resistir, Cecéu. Seria um massacre: matariam a todos, as mulheres, as crianças. Fugimos, cada família para seu lado. Maria do Horto, Antonio e eu nos escondemos numa caverna não muito longe dali. Tivemos sorte. O proprietário de uma fazenda próxima nos acolheu. O nome dele é Fagundes. Ele conhece você, Cecéu. Contou que em Recife vocês brigavam muito, porque você defendia a abolição da escravatura e ele era contra. Mas veja você como são as coisas: o pai dele faleceu, o Fagundes teve de tomar conta da fazenda. Ficou lá sozinho, porque o restante da família tinha mudado para Recife. Uma noite, a casa da fazenda foi assaltada por bandidos, que aprisionaram o Fagundes: pretendiam pedir um resgate por ele.

Quem o salvou foram os escravos, que enfrentaram os invasores e os puseram a correr. Em sinal de gratidão, Fagundes libertou vários deles. Pediu que eu contasse isso a você; disse que você gostaria de saber que ele tinha mudado. O Fagundes o admira muito, recita seus poemas de cor. Foi ele quem me falou que você estava doente. Apesar dos riscos, resolvi vir até aqui.

Sorriu:

— Mas nós vamos lutar, não vamos? Vamos lutar contra a doença. Você vai ficar bom, Cecéu. E eu ainda vou reconstruir Palmares, mais uma vez.

E ali ficaram, absorvidos em seus pensamentos. Por fim Antonio adormeceu. Suava abundantemente, por causa da febre. Tião enxugou-lhe a fronte com um lenço e saiu sem fazer ruído.

· **20** ·

O fim

A notícia de que Castro Alves estava muito mal se espalhou. Numerosos amigos e admiradores vinham vê-lo. Adelaide temia que aquele movimento todo prejudicasse o irmão, mas Antonio fazia questão de ver gente:

— Não sei quanto tempo ainda terei para isso, irmãzinha.

Agnese não o abandonava; ali estava, sempre, vivendo sua casta paixão. Chegou até a pensar em cancelar apresentações no teatro, coisa que Antonio não permitiu:

— Sua arte deve estar em primeiro lugar.

Nos primeiros dias de julho, Antonio chamou Tião e fez um pedido: queria que seu leito fosse levado para o salão de visitas, o lugar da casa de que ele mais gostava. Dali, pela janela, poderia avistar o telhado do Convento de Santa Teresa, a rua, o mar, o céu azul da Bahia. Assim foi feito. Terminada a mudança, Tião saiu para comprar remédios.

Por uns minutos, Castro Alves ficou só, a mirar a paisagem. Entrou Adelaide, anunciando uma visita:

— Eu sei que você não vai gostar disso, mas o feitor Duarte está aí fora.

Antonio fez uma careta de desgosto.

— Não quero ver esse homem.

— Ele diz que tem um assunto muito importante para tratar com você.

— Não quero saber. Mande-o embora.

Mas, antes que Adelaide pudesse fazer alguma coisa, a porta já se abria. Era o feitor:

— Com licença. Preciso falar com o senhor. É urgente.

Tarde demais: agora não havia como se livrar do homem, que praticamente invadira o quarto. Ali estava ele, de pé, junto do leito, numa postura à qual não faltava atrevimento e arrogância.

— O senhor sabe que eu não estou muito bem — disse Antonio, num fio de voz. — Peço, portanto, que seja breve.

— Serei breve. É sobre aquele escravo, o Tião. Aquele que fugiu da fazenda. Acabo de descobrir onde ele está: na fazenda de seu amigo, o doutor Fagundes. E eu quero sua expressa autorização, e sua ajuda, para...

Não chegou a concluir a frase. A porta se abriu e Tião entrou:

— Trouxe seus remédios, Cecéu. Agora mesmo...

Nesse momento ele se deu conta da presença de Duarte. Por um instante, os dois se miraram, os olhos de Duarte fuzilando de raiva. Temendo por Antonio, Tião recuou em direção à porta.

— Pare! — gritou Duarte, sacando da pistola. — Pare aí, negro sujo!

Num salto espetacular, Tião voou pela janela e caiu no jardim, mas de mau jeito; lesionado, não conseguiu se levantar, e começou a se arrastar pelo chão, tentando chegar ao portão. Da janela, Duarte fez pontaria...

Não chegou a atirar. Castro Alves, com enorme esforço, saiu do leito; por um instante se equilibrou sobre a perna sã, para em seguida se jogar sobre o feitor. Os dois rolaram pelo chão. Naquele momento chegavam Guilherme e dois amigos, que imobilizaram o furioso Duarte.

Castro Alves jazia no chão, uma espuma sanguinolenta nos lábios.

Transportaram-no para o leito. Naquela noite, perdeu a consciência. No delírio, falava com o pai, com a mãe, com o irmão, com Julia Feital. No delírio, murmurava versos...

Na manhã do dia seguinte, 6 de julho de 1871, recebeu a extrema-unção. À tarde, faleceu.

• • •

Dezessete anos se passaram. Numa bela manhã do mês de maio de 1888, um negro chamado Tião lavrava a terra de sua pequena propriedade, no interior da Bahia. Parou um instante para descansar e aí avistou um cavaleiro que chegava a galope. Reconheceu-o de imediato: era seu filho Antonio, que morava na cidadezinha próxima. Antonio, um rapagão alto, forte, bonito, saltou do cavalo, correu para o pai, radiante:

— Já sabe da novidade, papai? A princesa Isabel acaba de assinar um decreto abolindo a escravidão.

Tião não disse nada. Continuou apoiado no arado, pensativo. Antonio estranhou:

— Você não ouviu, papai? Não existe mais escravidão. Nunca mais um negro será escravo neste país. Não é uma grande notícia?

— É — disse o pai, lacônico. — É de fato uma grande notícia.

— Mas você não parece muito satisfeito...

— Estou satisfeito, sim. É que...

Interrompeu-se:

— Esqueça, meu filho. Não quero estragar sua alegria.

Antonio estava francamente desapontado:

— Não se trata da minha alegria, papai. Trata-se de você. Você me surpreende. Imaginei que o papai iria vibrar com essa notícia. E isso não aconteceu. Por quê?

Tião soltou um profundo suspiro. Olhou o filho demoradamente e por fim disse:

— Você tem razão, filho. Estou contente com a notícia, mas não acho que ela seja tão importante assim, e isso por duas razões. Em primeiro lugar, não acredito que as coisas mudem por decreto, seja este de reis, ou de princesas, ou de presidentes, ou de ditadores. As coisas mudam, num país, quando o povo quer mudá-las. As coisas mudam de baixo para cima, não de cima para baixo. Esse decreto é importante, mas não era a lei que nos fazia escravos; era a pobreza, a ignorância, o desamparo. E isso não desaparece com decreto. Ainda temos um longo caminho a percorrer. Um longo caminho. Levará muito tempo até que conquistemos os nossos direitos.

Calou-se.

— E a segunda razão, qual é? — perguntou Antonio.

— É que me lembrei de alguém, filho. Alguém que inspirou seu nome.

— Castro Alves? O poeta? Você se lembrou de Castro Alves?

— Lembrei. Sinto falta daquele amigo. Ele lutou contra a escravidão, Antonio. Colocou sua poesia a serviço dessa causa. E fez isso porque se identificava com a nossa gente, porque o nosso sofrimento era o sofrimento dele. Ele salvou minha vida e teria salvo a vida de muitos escravos, se pudesse. Não pôde, porque morreu cedo. Eu fico pensando no que ele me diria se estivesse aqui. Acho que nos aconselharia a continuar lutando, até acabar com a pobreza e o preconceito, que são outras formas de escravidão.

Olhou para o filho:

— Sim, essas seriam as palavras de Castro Alves. E nós temos de lembrar as palavras dele, sempre. Promete que fará isso?

— Você sabe que pode confiar em mim — respondeu Antonio, e sorriu. — Mas agora tenho de ir. Hoje à noite vamos organizar uma manifestação, na praça principal da cidade. Porque, você sabe, a praça é do povo...

— Como o céu é do condor — completou Tião.

Riram, os dois. Depois, Tião permaneceu em silêncio, os olhos cheios de lágrimas, lembrando o poeta e amigo. Antonio abraçou o pai, em seguida montou, partiu a galope. E Tião, homem livre, continuou a arar a terra. A sua terra.

Outros olhares sobre a obra de Castro Alves

Após ter embarcado nesta história sobre a vida de Castro Alves e de seu amigo Tião, saiba um pouco mais sobre a poesia de um dos nossos mais importantes escritores românticos. Ao final, como brinde, uma breve antologia de poemas desse autor, para você se deliciar.

Um poeta na cena pública

O jovem de cabelos negros, encaracolados, dirige-se à multidão com versos ardentes. O amante audacioso enfrenta o ambiente moralista do tempo e vive sua paixão pela atriz Eugênia Câmara, bem mais velha que ele. Juntos, vão a São Paulo, na aventura do amor e do trabalho artístico. Um tolo e trágico acidente de caça mutila o rapaz. A tuberculose, implacável, não se detém e, por fim, retira da cena pública o poeta de vinte e quatro anos.

Essas imagens concentram os episódios mais lembrados da vida de Antonio Frederico de Castro Alves (1847-1871). Alguns deles se integram aos assuntos da poesia daquele que foi a última grande voz da poesia romântica brasileira. As cenas mais lembradas da vida desse autor também ajudam a compreender os quatro principais núcleos de uma obra extensa e desigual, que inclui *Espumas flutuantes* (1870), antes de sua morte, *A cachoeira de Paulo Afonso* (1876), *Os escravos* (1883) e *Hinos do Equador* (1921).

Os vários temas da poesia

A matéria da poesia lírica atravessa os tempos tratando do amor, da morte, da natureza, da utopia, do desencanto com o tempo presente, do lamento e da ira. No romantismo, esses temas serão tratados pelo ângulo da voz individual. Destacando--se da sociedade, o "eu" expressa seus mais profundos sentimentos pessoais que representam, porém, os dilemas psíquicos e sociais de seu tempo. O poeta, quase um profeta, porta consigo a verdade, tem acesso ao ritmo profundo do cosmos, apreende a voz da natureza, única e particular, e fala aos homens em nome do sonho e da liberdade.

Castro Alves é um poeta romântico e, nele, os temas líricos surgem em realizações das mais variadas. No jovem autor de *Espumas flutuantes*, que reúne escritos de diferentes momentos, podem-se ver os sinais do admirador de Álvares de Azevedo, em poemas centrados no conflito interior e no tema da morte ("Mocidade e morte", "Quando eu morrer"), bem como a poesia confessional e a cantilena do idílio campestre, bem ao gosto das convenções estabelecidas, na oposição entre cidade e campo. Mas também se podem ler poemas em que os temas sociais e históricos vão se fixando como a marca original da produção de Castro Alves: defesa do progresso e do saber (em "O livro e a América", em que se trata do conhecimento e do progresso técnico como condição para que se

construa um futuro de "Luz" para os homens) e a retomada de fatos históricos para compor, com o passado recente, o mito da nação que luta por sua independência e autonomia ("Ao dous de julho", "Ode ao Dous de julho" e "Pedro Ivo").

Com *Os escravos* Castro Alves produz a obra que garante sua perenidade como poeta. Nessa coletânea de poemas, encontram--se os versos abolicionistas mais célebres de Castro Alves (como "Navio negreiro", "Tragédia no lar", "Vozes d'África", "Saudação a Palmares", "Bandido negro", "A mãe do cativo") e também poemas em que o poeta denuncia o presente e anuncia os novos tempos ("O século", "A visão dos mortos", "América", "O vidente").

Em *A cachoeira de Paulo Afonso*, a unidade está garantida pelo fio narrativo que conduz o longo poema narrativo: a história dos amores de dois escravos — Lucas e Maria. O enredo é construído numa sequência em que se alternam poemas em que a natureza enquadra o cenário, com grande beleza plástica e poética (como se pode ler em "Crepúsculo sertanejo"), e as falas individuais. Progressivamente o feliz movimento inicial, que anuncia o encontro amoroso de

Johann Moritz Rugendas, *Negros no fundo do porão*, 1835.

Lucas e Maria, inverte-se, e somente aos poucos se revela a desgraça que se abateu sobre o casal. Maria fora desonrada pelo homem branco, cuja história esconde um terrível segredo: ele era meio-irmão de Lucas, pois a mãe escrava também havia sido desonrada por seu senhor. Lucas, ao saber disso, fica impossibilitado de vingar-se, pois não poderia matar o próprio irmão. Diante da fatalidade, o casal opta pelo suicídio, lançando-se às águas da cachoeira. Ganham a liberdade possível apenas com a morte.

Hinos do Equador recolhe a produção inicial de Castro Alves (de 1862 a 1868) bem como a edição de poemas que o próprio autor considerava seus "cantos esparsos", publicados na imprensa entre os anos de 1869 e 1870.

No conjunto de toda essa produção poética, pode-se ler um processo de formação e de condensação dos principais núcleos da poesia de Castro Alves: a poesia social, a poesia amorosa, a poesia meditativa e a poesia da natureza.

Poesia e liberdade

Dos quatro núcleos, certamente é o da chamada poesia social aquele que mais imediatamente distingue Castro Alves dos outros dois grandes românticos das gerações anteriores: Álvares de Azevedo, da segunda, e Gonçalves Dias, da primeira. Ao mesmo tempo que o distingue, também permite ver em sua obra um processo, na tradição da poesia brasileira do período, em que os grandes temas e procedimentos técnico-formais encontram continuidade, transformação e superação.

Na poesia nacionalista de Gonçalves Dias, centrada na idealização de nossas origens — em poemas emblemáticos como "I-Juca-Pirama" — e de nossa natureza, Castro Alves apreende a cadência rítmica dos versos longos. Com eles compõe poemas que falam do homem negro e em que a tragédia da escravidão desempenha o papel central.

À poesia dos profundos conflitos interiores, como a de Álvares de Azevedo, expressão de uma subjetividade arredia e descrente de qualquer engajamento direto, Castro Alves contrapõe

o conflito exteriorizado de um sujeito lírico que se dirige contra as injustiças sociais.

Sua poesia social se dirigia à praça e à discussão pública, voltando-se a temas como a escravidão, a participação popular na definição dos rumos da vida social, a República, a difusão do conhecimento, o progresso técnico ("O navio negreiro", "O povo ao poder", "O livro e a América").

Grande parte da força da obra de Castro Alves está nos poemas que denunciam o presente e combatem por reformas políticas e sociais, visando a um futuro de igualdade. A ação poética integra a luta política. O poeta se percebe como um homem de ação e um trabalhador — um escritor profissional —, irmanando-se assim à condição de outros homens livres ("Poesia e mendicidade").

A paixão sem medo

O segundo núcleo fundamental da obra de Castro Alves é o da poesia amorosa. Nela se podem ler traços de sua vida e, principalmente, a história de sua paixão por Eugênia Câmara. Nessa história — feita de infração à moral burguesa, dilemas íntimos causados pelo ciú-

De Gonçalves Dias, Castro Alves aproveitou a cadência dos versos extensos.

A diva do poeta: Eugênia Câmara. Carvão de O. Torres.

me e pelo medo do abandono, aceitação lamentosa do fim da relação apaixonada — também se desenhou o palco para a expressão de uma nova poética, em que, pela primeira vez na lírica romântica brasileira, abordava-se diretamente a força da paixão e da sensualidade realizada. Amor não rimava, mais, com dor ou medo, como ocorria nos versos de Casimiro de Abreu e Álvares de Azevedo.

A atmosfera moral daqueles anos associava desejo e pecado, reforçando a instituição burguesa e cristã do casamento. Infere-se daí a força de representação da sensualidade que esse poema de Castro Alves fixou nas gerações de jovens — até há pouco oprimidos pela repressão sexual — e nas gerações de escritores. Uma das provas disso é "Teresa", de Manuel Bandeira, que retoma o poema "O 'adeus' de Teresa", revelando como os versos de Castro Alves se tornaram modelo para a poesia sensual feita depois dele.

Sonho e vidência

Um terceiro núcleo, também decisivo para se compreender a obra poética de Castro Alves, é o da poesia meditativa, em que a subjetividade lírica reflete sobre a condição e o destino do poeta. Como Ahasverus, o Judeu Errante, o poeta não terá pousada ou abrigo enquanto não se realizarem seus ideais de justiça.

Na visão do poeta, surge um mundo igualitário, fundado no trabalho, no conhecimento e na liberdade. Essa é a visão daquele que sente em si a força do gênio ("Eu sinto em mim o borbulhar do gênio/Vejo além um futuro radiante", de "Mocidade e morte").

Natureza e sociedade

Quanto ao quarto núcleo dessa poesia, o da natureza, convém lembrar que, se ela é um tema central da lírica, a forma de apreendê-la e expressá-la, porém, é historicamente deter-

A LENDA DO
JUDEU ERRANTE

GUSTAVE DORÉ
PIERRE DUPONT

Ahasverus, o Judeu Errante, em ilustração de Gustave Doré.

minada. Diferentemente da era clássica, quando era concebida como um princípio por meio do qual a razão apreendia a ordem da criação, no romantismo a natureza é compreendida como matéria física, concreta, única. Não por acaso ela é um dos assuntos decisivos para a constituição da literatura nacional. Não se trata, no entanto, de descrever o detalhe específico — o que reduziria o alcance dessa poesia ao mero pitoresco —, mas de compor, com o quadro da natureza local, a expansão dos sentimentos do sujeito lírico.

Em Castro Alves, em muitos versos, a poesia da natureza surge pelo viés realista, por assim dizer, sem ser animada pelo sentimento do contemplador. Daí certo teor decorativo e meramente descritivo ("Murmúrios da tarde"). Quando, porém, as imagens da natureza enquadram a cena dramática (como ocorre em *A cachoeira de Paulo Afonso*), ou figuram as imensas forças cósmicas em contraste com o drama humano, histórico, os versos atingem a voltagem necessária à verdadeira poesia.

A poesia: matéria da vida, matéria do mundo

Nas variadas faces da poesia de Castro Alves inscrevem-se as marcas da vida do jovem estudante que conviveu com os ideais liberais-abolicionistas no Curso de Direito do Recife, ao lado de Tobias Barreto, e, a partir de 1868, na Faculdade de Direito de São Paulo. Mais que isso, porém, estão as marcas do tempo histórico e literário que forjou um novo momento ao movimento romântico (a chamada terceira geração romântica), empenhado no esforço de construir uma literatura nacional.

Nos decênios 50, 60 e 70 do século XIX, eram agudas as contradições do processo social brasileiro. Defendiam-se ideias liberais que não eram colocadas em prá-

Tobias Barreto, contemporâneo de Castro Alves na Faculdade de Direito do Recife.

tica, ideias de liberdade eram professadas nas tribunas mas se mantinha, na letra da lei e na prática econômica, a ordem escravocrata. Disso nascia nova matéria histórica também para a poesia.

Nesses anos, especialmente a partir da crise de 1860, nossos intelectuais continuavam a impor-se a tarefa de contribuir para constituir a identidade nacional no plano da cultura. Valer-se das matérias locais — a natureza brasileira, os temas nacionais, a "descoberta" e a interpretação do Brasil para os próprios brasileiros — era o grande desafio para uma literatura que se queria verdadeiramente brasileira. Mesmo que as formas e procedimentos técnicos e temáticos chegassem por via da tradição europeia, eles estavam a serviço da representação de nossa especificidade.

Na primeira geração romântica a poesia exaltava a paisagem local, a pátria e nossos antepassados idealizados, na figura do índio mítico. Na geração de Castro Alves o grande tema nacional era a tomada de posição diante da realidade brutal da escravidão e da necessidade de se discutirem os rumos políticos do Império.

Esclarecimento e lutas sociais

Na obra de Castro Alves, uma das imagens mais recorrentes é a da "luz", em oposição às trevas. A "luz" é também a representação da força esclarecedora da razão, que se impõe sobre o destino dos homens e organiza leis que regem a vida social, pelo princípio do universalismo e do fim dos privilégios. A filosofia das luzes, o Iluminismo — que remonta ao século XVIII —, representou o primeiro grande passo na direção dos regimes modernos, fundados no ideal da liberdade do indivíduo. A ela se articula o pensamento liberal, para o qual a felicidade

Acima: *Fuzilamento de 3 de maio em Madri* (1814), de Francisco Goya. Ao retratar a execução dos revoltosos espanhóis pelos soldados de Napoleão, Goya cria um emblema universal da luta pela liberdade.

só seria possível se cada um e todos participassem da vida política em igualdade de condições. Isso pressupunha que a cada um e a todos fossem garantidos os meios para o pleno desenvolvimento de suas aptidões. Ao Estado moderno — que representaria a vontade de todos, e não mais o poder de reis e nobres — competiria garantir a vigência dos princípios universalistas, a liberdade no trabalho, a igualdade perante a lei.

Os ideais iluministas e liberais fizeram a história do século XIX e deram a ele o perfil do século das grandes revoluções. "Tudo que é sólido desmancha no ar" — assim descreveu Marx a época em que se desenhou um novo mapa do mundo, possível apenas com a ascensão burguesa. Nesse novo mundo, o princípio central da economia política liberal — o trabalho livre — dava as bases para a reprodução do capital e criava a ilusão ideológica de que todos os cidadãos, igualmente, poderiam construir seu destino com as próprias mãos.

A ideologia liberal escondia o nexo básico da economia capitalista — a reprodução do lucro se dava pela exploração do trabalho —, mas na Europa isso se dava de um modo que as aparências ficavam salvas: juridicamente todos os homens, por princípio legal, eram livres (mesmo que fosse a liberdade de vender a baixos preços sua força de trabalho) e iguais. No Brasil, porém, os princípios liberais chocavam-se com a prática econômica baseada na escravidão e legitimada pela lei. Da junção desses contrários surgia algo que, sendo incompatível, funcionava, porém, perfeitamente: nosso liberalismo de imitação não se preocupava com o regime escravocrata — ao menos não enquanto pôde, isto é, enquanto não comprometia a reprodução da riqueza. A realidade brasileira comportava, assim, esse *desconcerto* fundamental — e era precisamente desse modo que passamos a pertencer ao *concerto moderno das nações*.

Nossa vida cultural, porém, parecia desconhecer esse nexo essencial, e muito de nossa literatura se empenhava na missão de trazer ao Brasil as luzes da modernidade sem tocar nesta contradição abusiva: uma sociedade livre que garantia a riqueza por via da manutenção do trabalho escravo. Somente com a crise do Império, os ideais abolicionistas puseram o dedo na fratura exposta de nossas contradições. Discutir os ideais liberais sem escamotear que eles implicavam necessariamente o *trabalho livre*, mobilizar a atenção pública para a causa abolicionista, tinham como consequência pensar novas formas da inserção brasileira no mundo moderno: a difusão do saber, a igualdade jurídica para todos os brasileiros, o governo republicano, o progresso técnico e material da vida.

O olhar do presente para o passado e para o futuro

Em finais da década de 1960 do século XIX, e durante toda a década de 1970 e 1980, as questões públicas se relacionavam a essas ideias e ao palco de lutas e dissensões que elas implicavam. Nesse momento histórico a obra de Castro Alves surge como uma das peças-chave do debate. Não por acaso, ainda na Bahia, Castro Alves escreve uma

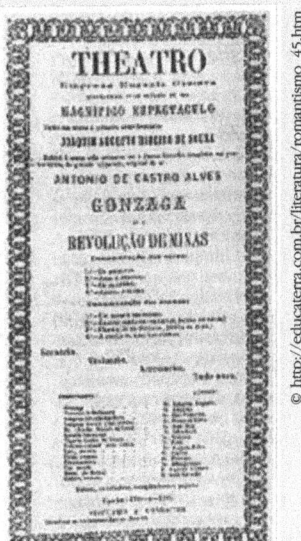

Cartaz da peça teatral *Gonzaga ou A revolução de Minas*.

peça de teatro que retoma o episódio da Inconfidência Mineira (*Gonzaga* ou *A revolução de Minas*). Nela o ideal ilustrado se encarna na figura dos inconfidentes, defensores da razão e da libertação do país das garras exploradoras de Portugal. Em tom hiperbólico, com grandes lances de idealização, ali estavam os heróis de que o poeta precisava para requentar o ideário nacionalista.

Na poesia, as armas eram as próprias palavras — o estilo de comício, em tom grandioso — e os assuntos escolhidos. Assim, as lutas pela Independência — fatos históricos que continham episódios de memória recente — também traziam o material histórico que dava representação ao heroísmo nacional ("Ode ao Dous de Julho" — celebrando o 2 de julho de 1823, data da "verdadeira" libertação da Bahia, quando foram vencidas as tropas portuguesas que não aceitavam a Independência de 7 de setembro de 1822).

E, no processo de se tornar uma nação moderna, sob o signo do liberalismo, a escravidão era o ponto principal que mobilizava os ânimos dos jovens de ímpetos revolucionários, dos quais Castro Alves foi a voz mais

original. Com ele, a denúncia da situação do escravo — nos grandes poemas de impulsos épicos e dramáticos que o consagraram — ganha tonalidades míticas ("Vozes d'África") e constroem representações da tragédia humana ("Tragédia no lar", "A mãe do cativo", "Navio negreiro" e *A cachoeira de Paulo Afonso*). Também se ouve a voz indignada contra a própria nação (ao final de "O navio negreiro", o sujeito lírico lamenta que seja a bandeira brasileira que conduza escravos a seu cativeiro).

A comoção e a indignação não bastam, porém. Soa, nos versos de Castro Alves, a saudação emocionada à resistência ("Saudação a Palmares"). E, em "Bandido negro", conclama-se à rebeldia vingadora.

Luta com palavras: oratória e persuasão

A poesia social brasileira do século XIX, destinada a mover os ânimos, tem traços estilísticos bastante reconhecíveis. Alimentando-se da poesia de Victor Hugo e também da tradição da retórica, persistente em nosso ambiente provinciano, a obra de Castro Alves tem sua força e sua fragilidade nos rasgos da oratória grandiloquente. Seu estilo foi chamado por Capistrano de Abreu de "condoreiro", por causa da recorrência à imagem do condor, a grande ave dos Andes, e também ao enquadramento poético em grandes espaços naturais. Suas características são a abundância de apostos, metáforas e comparações — quase sempre em oposições —, os cenários grandiosos, as acumulações de apostos, as hipérboles.

Tal estilo, embora possa se converter em ornamento fácil e em retórica empolada, parece prestar-se muito bem aos poemas cujos temas são as grandes causas histórico-sociais do momento, justamente porque persuadem e comovem o ouvinte e o leitor.

O negro em Castro Alves

O tratamento que Castro Alves deu ao escravo, em suas poesias, assemelha-se ao que Gonçalves Dias e José de Alencar haviam dado ao índio. Tratava-se de compor uma imagem idealizada do escravo, como o homem bravo, abnegado, afetivo, cioso da manutenção da ordem do lar, vitimado pela separação de seus familiares. Ou, ainda, de compor o mito do continente amaldiçoado, em "Vozes d'África", em que a África é personalizada e implora a um Deus impassível que a liberte da maldição bíblica aos filhos de Cam, a qual a acompanhava há dois mil anos.

© *A travessia da Calunga Grande*, p. 659, Edusp

Escravas descascando mandioca, do fotógrafo francês Jean Victor Frond (1821-1881). A imagem faz parte do livro *Brazil Pittoresco*, de 1859, primeiro registro fotográfico do trabalho escravo no país.

Ao tratar da figuração do negro, Mário de Andrade afirmou que "Castro Alves jamais ergue os escravos até sua altura, mas se abaixa até seus irmãos inferiores". Para José Guilherme Merquior, Castro Alves, assimilando o caráter do negro "aos ideais de comportamento da raça dominante, 'branqueia' a figura moral do preto, facilitando a identificação simpática das plateias burguesas com o sofrimento dos escravos".

Apesar do acerto da crítica, não se pode desconsiderar, porém, que o negro não se elevara a objeto estético antes de Fagundes Varela e de Castro Alves.

Decisivo para a marcha da sociedade brasileira — braço que propiciava a riqueza dos grandes proprietários —, representava a exibição viva do desconcerto de nosso discurso liberal. Talvez justamente por isso motivava pouco material literário. Decerto comparecia nos enredos, mas fundamentalmente como elemento de figuração, como símbolo de uma ideia. Talvez o escravo estivesse próximo demais da realidade contemporânea de autores que, como proprietários, gozavam dos privilégios mantidos à custa da alienação do negro.

Com Castro Alves, porém, e ainda que sob o viés da piedade e da mitificação do negro como espelho dos bons sentimen-

© *Viagem pitoresca e histórica ao Brasil*, Tomo III, Itatiaia/Edusp

Açoite público de um escravo, retrato de Jean-Baptiste Debret.

tos "brancos", o escravo surge também no quadro das denúncias sociais.

Em "Navio negreiro", o tom patético da tragédia dos homens açoitados não impede a denúncia contra a nação brasileira que acoberta as atrocidades, nem a imprecação contra Deus — que não arranca o crime dos mares. Em "Saudação a Palmares", a subjetividade faz o elogio da "região dos valentes", ao "ninho, onde em sonho atrevido,/ Dorme o condor...", pátria em que a liberdade vingou sobre a escravidão. E em "Bandido negro", um impressionante quadro, de grande força plástica e rítmica, é a voz do escravo que entoa a vingança contra os poderosos.

Nesse sentido, Castro Alves — não sem contradições — vai um pouco além do paternalismo e da compaixão. Atinge a denúncia, fere o coração da pátria que trai os sonhos de justiça. Lucidamente, a subjetividade lírica sabe que, contra tal traição aos ideais libertários, os versos não são suficientemente poderosos. O poeta audacioso sabe que a poesia, sozinha, não pode mudar o mundo. Mas pode — e deve — denunciar e apostar nas forças progressivas da história.

Um poeta de seu tempo e o tempo da praça

Ler Castro Alves nos dias de hoje obriga a pensar sobre a história e sobre as tradições literárias. Muito do gosto literário contemporâneo afasta, como definitivamente superada, a poesia declamatória, a confiança ingênua no progresso, a ilusão de que as forças da história trariam em si o dinamismo necessário para estabelecer um mundo de felicidade, pessoal e pública.

No entanto, voltar-se para esse jovem poeta — representante autêntico dos poucos impulsos contraditoriamente revolucionários da elite brasileira — também permite compreender melhor como a poesia se faz com a matéria da vida. Sobretudo, como o amor à poesia convida ao conhecimento da história dos homens, quando se forjam suas lutas, seus enganos, suas palavras em surdina ou em fúria. Com a juvenil generosidade desse poeta, diante de seu impulso indignadamente humanitário, pode-se ainda hoje sonhar com um tempo em que a praça pública e a poesia voltem a se unir — para gritar pela necessidade de justiça, para lutar por um mundo livre.

Castro Alves:
uma breve antologia

*Após conhecer os principais núcleos
temáticos da obra de Castro Alves, leia
agora na íntegra alguns de seus poemas.*

O navio negreiro

Tragédia no mar

1ª

'STAMOS em pleno mar... Doudo no espaço
Brinca o luar — doirada borboleta —
E as vagas após ele correm... cansam
Como turba de infantes inquieta.

'Stamos em pleno mar... Do firmamento
Os astros saltam como espumas de ouro...
O mar em troca acende as ardentias[1]
— Constelações do líquido tesouro...

'Stamos em pleno mar... Dois infinitos
Ali se estreitam num abraço insano
Azuis, dourados, plácidos, sublimes...
Qual dos dois é o céu? Qual o oceano?...

'Stamos em pleno mar... Abrindo as velas
Ao quente arfar das virações marinhas,
Veleiro brigue corre à flor dos mares
Como roçam na vaga as andorinhas...

---

1 *Ardentia*: Fosforescência nas águas do mar, causada por protozoários marinhos.

Donde vem?... Onde vai?... Das naus errantes
Quem sabe o rumo se é tão grande o espaço?
Neste Saara os corcéis o pó levantam,
Galopam, voam, mas não deixam traço.

Bem feliz quem ali pode nest'hora
Sentir deste painel a majestade!...
Embaixo — o mar... em cima — o firmamento...
E no mar e no céu — a imensidade!

Oh! que doce harmonia traz-me a brisa!
Que música suave ao longe soa!
Meu Deus! Como é sublime um canto ardente
Pelas vagas sem-fim boiando à toa!

Homens do mar! Ó rudes marinheiros
Tostados pelo sol dos quatro mundos!
Crianças que a procela acalentara
No berço destes pélagos profundos!

Esperai! Esperai! deixai que eu beba
Esta selvagem, livre poesia...
Orquestra — é o mar que ruge pela proa,
E o vento que nas cordas assobia...

....

Por que foges assim, barco ligeiro?
Por que foges do pávido poeta?
Oh! quem me dera acompanhar-te a esteira
Que semelha no mar — doudo cometa!

Albatroz! Albatroz! águia do oceano,
Tu, que dormes das nuvens entre as gazas,
Sacode as penas, Leviatã do espaço!
Albatroz! Albatroz! dá-me estas asas...

2ª

Que importa do nauta o berço,
Donde é filho, qual seu lar?...
Ama a cadência do verso
Que lhe ensina o velho mar!
Cantai! que a noite é divina!
Resvala o brigue à bolina[2]
Como um golfinho veloz.
Presa ao mastro da mezena[3]
Saudosa bandeira acena
Às vagas que deixa após.

Do Espanhol as cantilenas
Requebradas de languor,
Lembram as moças morenas,
As andaluzas em flor.
Da Itália o filho indolente
Canta Veneza dormente
— Terra de amor e traição —
Ou do golfo no regaço
Relembra os versos do Tasso
Junto às lavas do Vulcão!

O Inglês — marinheiro frio,
Que ao nascer no mar se achou —
(Porque a Inglaterra é um navio,
Que Deus na Mancha ancorou),
Rijo entoa pátrias glórias,

---

2 *Bolina*: Cabo destinado a sustentar a vela e dar-lhe a inclinação necessária
para colher o vento.
3 *Mezena*: Vela que se enverga na carangueja do mastro de ré em ocasião de
mau tempo.

Lembrando orgulhoso histórias
De Nelson[4] e de Aboukir[5].
O Francês — predestinado —
Canta os louros do passado
E os loureiros do porvir...

Os marinheiros Helenos,
Que a vaga iônia criou,
Belos piratas morenos
Do mar que Ulisses cortou,
Homens que Fídias talhara,
Vão cantando em noite clara
Versos que Homero gemeu...
... Nautas de todas as plagas!
Vós sabeis achar nas vagas
As melodias do céu...

3ª

Desce do espaço imenso, ó águia do oceano!
Desce mais, inda mais... não pode o olhar humano
Como o teu mergulhar no brigue voador.
Mas que vejo eu ali... que quadro de amarguras!
Que cena funeral!... Que tétricas figuras!...
Que cena infame e vil!... Meu Deus! Meu Deus! Que horror!

---

4 *Nelson*: Horatio Nelson, Lorde Nelson (1758-1805), foi o maior almirante
e herói naval britânico. Derrotou as esquadras da Espanha e da França em
Trafalgar.
5 *Aboukir*: Combate naval em que o almirante Nelson destruiu a frota
francesa (1798).

4ª

Era um sonho dantesco... O tombadilho
Que das luzernas avermelha o brilho,
     Em sangue a se banhar.
Tinir de ferros... estalar do açoite...
Legiões de homens negros como a noite,
     Horrendos a dançar...

Negras mulheres, suspendendo às tetas
Magras crianças, cujas bocas pretas
     Rega o sangue das mães:
Outras, moças... mas nuas, espantadas,
No turbilhão de espectros arrastadas,
     Em ânsia e mágoa vãs.

E ri-se a orquestra, irônica, estridente...
E da ronda fantástica a serpente
     Faz doudas espirais...
Se o velho arqueja... se no chão resvala,
Ouvem-se gritos... o chicote estala.
     E voam mais e mais...

Presa nos elos de uma só cadeia,
A multidão faminta cambaleia,
     E chora e dança ali!

....

Um de raiva delira, outro enlouquece...
Outro, que de martírios embrutece,
     Cantando, geme e ri!

No entanto o capitão manda a manobra
E após, fitando o céu que se desdobra

Tão puro sobre o mar,
Diz do fumo entre os densos nevoeiros:
"Vibrai rijo o chicote, marinheiros!
      Fazei-os mais dançar!..."

E ri-se a orquestra irônica, estridente...
E da roda fantástica a serpente
      Faz doudas espirais!
Qual num sonho dantesco as sombras voam...
Gritos, ais, maldições, preces ressoam!
      E ri-se Satanás!...

5ª

Senhor Deus dos desgraçados!
Dizei-me vós, Senhor Deus!
Se é loucura... se é verdade
Tanto horror perante os céus...
Ó mar! por que não apagas
Co'a esponja de tuas vagas
De teu manto este borrão?...
Astros! noite! tempestades!
Rolai das imensidades!
Varrei os mares, tufão!...

Quem são estes desgraçados,
Que não encontram em vós,
Mais que o rir calmo da turba
Que excita a fúria do algoz?
Quem são?... Se a estrela se cala,
Se a vaga à pressa resvala
Como um cúmplice fugaz,
Perante a noite confusa...
Dize-o tu, severa musa,
Musa libérrima, audaz!

São os filhos do deserto
Onde a terra esposa a luz.
Onde voa em campo aberto
A tribo dos homens nus...
São os guerreiros ousados,
Que com os tigres mosqueados
Combatem na solidão...
Homens simples, fortes, bravos...
Hoje míseros escravos
Sem ar, sem luz, sem razão...

São mulheres desgraçadas
Como Agar[6] o foi também,
Que sedentas, alquebradas,
De longe... bem longe vêm...
Trazendo com tíbios passos,
Filhos e algemas nos braços,
Nalma — lágrimas e fel.
Como Agar sofrendo tanto
Que nem o leite do pranto
Têm que dar para Ismael...

Lá nas areias infindas,
Das palmeiras no país,
Nasceram — crianças lindas,
Viveram — moças gentis...
Passa um dia a *caravana*
Quando a virgem na cabana
Cisma da noite nos véus...
... Adeus! ó choça do monte!...

---

6 *Agar*: Segundo a Bíblia, escrava egípcia que a esposa do patriarca Abraão
entregou-lhe como concubina. Sara era estéril e pretendia adotar os filhos de Agar
com seu marido. Agar teve um filho chamado Ismael, mas, como Sara, a despei-
to de sua idade (90 anos), deu à luz Isaac, expulsou de sua casa Agar e Ismael.

... Adeus! palmeiras da fonte!...
... Adeus! amores... adeus!...

Depois o areal extenso...
Depois o oceano de pó...
Depois no horizonte imenso
Desertos... desertos só...
E a fome, o cansaço, a sede...
Ai! quanto infeliz que cede,
E cai p'ra não mais s'erguer!...
Vaga um lugar na *cadeia*,
Mas o chacal sobre a areia
Acha um corpo que roer...

Ontem a Serra Leoa,
A guerra, a caça ao leão,
O sono dormindo à toa
Sob as tendas d'amplidão...
Hoje... o *porão* negro, fundo,
Infecto, apertado, imundo,
tendo a *peste* por jaguar...
E o sono sempre cortado
Pelo arranco de um finado,
E o baque de um corpo ao mar...

Ontem plena liberdade,
A vontade por poder...
Hoje... cum'lo de maldade
Nem são livres p'ra... morrer...
Prende-os a mesma corrente
— Férrea, lúgubre serpente —
Nas ròscas da escravidão.
E assim roubados à morte,
Dança a lúgubre coorte
Ao som do açoite... Irrisão!...

Senhor Deus dos desgraçados!
Dizei-me vós, Senhor Deus!
Se eu deliro... ou se é verdade
Tanto horror perante os céus...
Ó mar, por que não apagas
Co'a esponja de tuas vagas
De teu manto este borrão?...
Astros! noite! tempestades!
Rolai das imensidades!
Varrei os mares, tufão!...

6ª

E existe um povo que a bandeira empresta
P'ra cobrir tanta infâmia e cobardia!...
E deixa-a transformar-se nessa festa
Em manto impuro de bacante fria!...
Meu Deus! meu Deus! mas que bandeira é esta,
Que impudente na gávea tripudia?!...
Silêncio!... Musa! chora, chora tanto
Que o pavilhão se lave no teu pranto...

Auriverde pendão de minha terra,
Que a brisa do Brasil beija e balança,
Estandarte que a luz do sol encerra,
E as promessas divinas da esperança...
Tu, que da liberdade após a guerra,
Foste hasteado dos heróis na lança,
Antes te houvessem roto na batalha,
Que servires a um povo de mortalha!...

Fatalidade atroz que a mente esmaga!
Extingue nesta hora o *brigue imundo*
O trilho que Colombo abriu na vaga,
Como um íris no pélago profundo!...
... Mas é infâmia de mais... Da etérea plaga
Levantai-vos, heróis do Novo Mundo...

Andrada! arranca este pendão dos ares!
Colombo! fecha a porta de teus mares!

S. Paulo, 18 de abril de 1868

O "adeus" de Teresa

A VEZ PRIMEIRA que eu fitei Teresa,
Como as plantas que arrasta a correnteza,
A valsa nos levou nos giros seus...
E amamos juntos... E depois na sala
"Adeus" eu disse-lhe a tremer co'a fala...

E ela, corando, murmurou-me: "adeus".

Uma noite... entreabriu-se um reposteiro...
E da alcova saía um cavaleiro
Inda beijando uma mulher sem véus...
Era eu... Era a pálida Teresa!
"Adeus" lhe disse conservando-a presa...

E ela entre beijos murmurou-me: "adeus!"

Passaram tempos... séc'los de delírio
Prazeres divinais... gozos do Empíreo[7]...
... Mas um dia volvi aos lares meus.
Partindo eu disse — "Voltarei!... descansa!..."
Ela, chorando mais que uma criança,

Ela em soluços murmurou-me: "adeus!"

7 *Empíreo*: Parte mais elevada do céu, habitada pelos deuses. Lugar dos bem-
-aventurados e santos, céu, firmamento.

Quando voltei... era o palácio em festa!...
E a voz d'*Ela* e de um homem lá na orquestra
Preenchiam de amor o azul dos céus.
Entrei!... Ela me olhou branca... surpresa!
Foi a última vez que eu vi Teresa!...

E ela arquejando murmurou-me: "adeus!"

S. Paulo, 28 de agosto de 1868

Boa noite

Veux-tu donc partir? Le jour est encore éloigné;
C'était le rossignol et non pas l'alouette,
Dont le chant a frappé ton oreille inquiète;
Il chante la nuit sur les branches de ce grenadier,
Crois-moi, cher ami, c'était le rossignol.[8]

Shakespeare

BOA NOITE, Maria! Eu vou-me embora.
A lua nas janelas bate em cheio.
Boa noite, Maria! É tarde... é tarde...
Não me apertes assim contra teu seio.

Boa noite!... E tu dizes — Boa noite.
Mas não digas assim por entre beijos...
Mas não mo digas descobrindo o peito,
— Mar de amor onde vagam meus desejos.

Julieta do céu! Ouve... a *calhandra*[9]
Já rumoreja o canto da matina.

---

8 "Queres então partir? O dia ainda tarda;/Era do rouxinol e não da cotovia/O canto que feriu teu ouvido inquieto;/Ele canta à noite nos ramos desta romã-zeira,/Creia-me, caro amigo, era o rouxinol." Trecho da peça *Romeu e Julieta*, de Shakespeare.
9 *Calhandra*: Espécie de cotovia.

Tu dizes que eu menti?... pois foi mentira...
... Quem cantou foi teu hálito, divina!

Se a estrela-d'alva os derradeiros raios
Derrama *nos jardins do Capuleto*,
Eu direi, me esquecendo d'alvorada:
"É noite ainda em teu cabelo preto..."

É noite ainda! Brilha na cambraia
— Desmanchado o roupão, a espádua nua —
O globo de teu peito entre os arminhos
Como entre as névoas se balouça a lua...

É noite, pois! Durmamos, Julieta!
Recende a alcova ao trescalar[10] das flores,
Fechemos sobre nós estas cortinas...
— São as asas do arcanjo dos amores.

A frouxa luz da alabastrina lâmpada
Lambe voluptuosa os teus contornos...
Oh! Deixa-me aquecer teus pés divinos
Ao doudo afago de meus lábios mornos.

Mulher do meu amor! Quando aos meus beijos
Treme tua alma, como a lira ao vento,
Das teclas de teu seio que harmonias,
Que escalas de suspiros, bebo atento!

Ai! Canta a cavatina do delírio,
Ri, suspira, soluça, anseia e chora...
Marion! Marion!... É noite ainda.
Que importa os raios de uma nova aurora?!...

---

10 *Trescalar*: exalar.

Como um negro e sombrio firmamento,
Sobre mim desenrola teu cabelo...
E deixa-me dormir balbuciando:
— Boa noite! —, formosa Consuelo!...[11]

S. Paulo, 27 de agosto de 1868

O vidente

Virá o dia da felicidade e justiça para todos.
Isaías

ÀS VEZES quando à tarde, nas tardes brasileiras,
A cisma e a sombra descem das altas cordilheiras;
Quando a viola acorda na choça o sertanejo
E a linda lavadeira cantando deixa o brejo,
E a noite — a freira santa — no órgão das florestas
Um salmo preludia nos troncos, nas giestas[12];
Se acaso solitário passo pelas *picadas*,
Que torcem-se escamosas nas lapas escarpadas,
Encosto sobre as pedras a minha carabina,
Junto a meu cão, que dorme nas sarças da colina,
E, como uma harpa eólia[13] entregue ao tom dos ventos,
— Estranhas melodias, estranhos pensamentos,
Vibram-me as cordas d'alma enquanto absorto cismo,
Senhor! vendo tua sombra curvada sobre o abismo,
Colher a prece alada, o canto que esvoaça
E a lágrima que orvalha o lírio da desgraça,
Então, num santo êxtase, escuto a terra e os céus,
E o vácuo se povoa de tua sombra, ó Deus!

---

11 *Consuelo*: Há, neste poema, uma evocação de perfis românticos: Maria, Julieta, Marion e Consuelo, essa última, personagem de George Sand, escritora francesa do período romântico.
12 *Giesta*: Planta ornamental da família das leguminosas.
13 *Harpa eólia*: Instrumento antigo, constituído por uma caixa sonora com seis ou oito cordas metálicas que soavam quando expostas ao vento.

Ouço o cantar dos astros no mar do firmamento;
No mar das matas virgens ouço o cantar do vento,
Aromas que s'elevam, raios de luz que descem,
Estrelas que despontam, gritos que se esvaecem,
Tudo me traz um canto de imensa poesia,
Como a primícia augusta da *grande profecia*;
Tudo me diz que o Eterno, na idade prometida,
Há de beijar na face a terra arrependida.
E, desse beijo santo, desse ósculo sublime
Que lava a iniquidade, a escravidão e o crime,
Hão de nascer virentes nos campos das idades,
Amores, esperanças, glórias e liberdades!
Então, num santo êxtase, escuto a terra e os céus,
E o vácuo se povoa de tua sombra, ó Deus!
E, ouvindo nos espaços as louras utopias
Do futuro cantarem as doces melodias,
Dos povos, das idades, a nova promissão...
Me arrasta ao infinito a águia da inspiração...
Então me arrojo ousado das eras através,
Deixando estrelas, séculos, volverem-se a meus pés...
Porque em minh'alma sinto ferver enorme grito,
Ante o estupendo quadro das telas do infinito...
Que faz que, em santo êxtase, eu veja a terra e os céus,
E o vácuo povoado de tua sombra, ó Deus!

Eu vejo a terra livre... como outra Madalena,
Banhando a fronte pura na viração serena,
Da urna do crepúsculo, verter nos céus azuis
Perfumes, luzes, preces, curvada aos pés da cruz...
No mundo — tenda imensa da humanidade inteira —
Que o espaço tem por teto, o sol tem por lareira,
Feliz se aquece unida a universal família.
Oh! dia sacrossanto em que a justiça brilha,
Eu vejo em ti das ruínas vetustas do passado,
O velho sacerdote augusto e venerado
Colher a parasita — a santa flor — o culto,
Como o coral brilhante do mar na vasa oculto...

Não mais inunda o templo a vil superstição;
A fé — a pomba mística — e a águia da razão,
Unidas se levantam do vale escuro d'alma,
Ao ninho do infinito voando em noite calma.
Mudou-se o férreo cetro, esse aguilhão dos povos,
Na virga do profeta coberta de renovos.
E o velho cadafalso horrendo e corcovado,
Ao poste das idades por irrisão ligado
Parece embalde tenta cobrir com as mãos a fronte,
— Abutre que esqueceu que o sol vem no horizonte.
Vede: as crianças louras aprendem no Evangelho
A letra que comenta algum sublime velho,
Em toda a fronte há luzes, em todo o peito amores,
Em todo o céu estrelas, em todo o campo flores...
E, enquanto, sob as vinhas, a ingênua camponesa
Enlaça às negras tranças a rosa da deveza;
Dos saaras africanos, dos gelos da Sibéria,

Do Cáucaso, dos campos dessa infeliz Ibéria,
Dos mármores lascados da terra santa homérica,
Dos pampas, das savanas desta soberba América
Prorrompe o hino livre, o hino do trabalho!
E, ao canto dos obreiros, na orquestra audaz do malho,
O ruído se mistura da imprensa, das ideias,
Todos da liberdade forjando as epopeias,
Todos co'as mãos calosas, todos banhando a fronte
Ao sol da independência que irrompe no horizonte.

Oh! escutai! ao longe vago rumor se eleva
Como o trovão que ouviu-se quando na escura treva,
O braço onipotente rolou Satã maldito.
É outro condenado ao raio do infinito,
É o retumbar por terra desses impuros paços,
Desses serralhos negros, desses Egeus[14] devassos,

---

14 *Egeus*: Povo cuja civilização se desenvolveu no litoral do mar Egeu (parte do mar Mediterrâneo entre a Grécia e a Turquia).

Saturnos de granito, feitos de sangue e ossos...
Que bebem a existência do povo nos destroços...

....

Enfim a terra é livre! Enfim lá do Calvário
A águia da liberdade, no imenso itinerário,
Voa do Calpe[15] brusco às cordilheiras grandes,
Das cristas do Himalaia aos píncaros dos Andes!
Quebraram-se as cadeias, é livre a terra inteira,
A humanidade marcha com a Bíblia por bandeira;
São livres os escravos... quero empunhar a lira,
Quero que est'alma ardente um canto audaz desfira,
Quero enlaçar meu hino aos murmúrios dos ventos,
Às harpas das estrelas, ao mar, aos elementos!

....

Mas, ai! longos gemidos de míseros cativos,
Tinidos de mil ferros, soluços convulsivos,
Vêm-me bradar nas sombras, como fatal vedeta:
"Que pensas, moço triste? Que sonhas tu, poeta?"
Então curvo a cabeça de raios carregada,
E, atando brônzea corda à lira amargurada,
O canto de agonia arrojo à terra, aos céus,
E ao vácuo povoado de tua sombra, ó Deus!

---

15 *Calpe*: Uma das duas colunas de Hércules, antigo nome de Gibraltar.

Ahasverus[16] e o Gênio

Ao poeta e amigo J. Felizardo Júnior

SABES QUEM foi Ahasverus?... — o precito,
O mísero Judeu, que tinha escrito
     Na fronte o selo atroz!
Eterno viajor de eterna senda...
Espantado a fugir de tenda em tenda,
Fugindo embalde à *vingadora voz*!

Misérrimo! Correu o mundo inteiro,
E no mundo tão grande... o forasteiro
     Não teve onde... pousar.
Co'a mão vazia — viu a terra cheia.
O deserto negou-lhe — o grão de areia.
A gota d'água — rejeitou-lhe o mar.

D'Ásia as florestas — lhe negaram sombra
A savana sem-fim — negou-lhe alfombra.
     O chão negou-lhe o pó!...
Tabas, serralhos, tendas e solares...
Ninguém lhe abriu a porta de seus lares
     E o triste seguiu só.

Viu povos de mil climas, viu mil raças,
E não pôde entre tantas populaças
     Beijar uma só mão...
Desde a virgem do Norte à de Sevilhas,
Desde a inglesa à crioula das Antilhas
     Não teve um coração!...

---

16 *Ahasverus*: Ahasverus é o nome do "judeu errante", personagem lendária condenada a vagar eternamente pelo mundo, sem poder descansar por não ter permitido que Jesus repousasse em sua porta quando caminhava para o suplício. Esse mito simboliza a luta incessante da humanidade em busca de redenção e justiça.

E caminhou!... E as tribos se afastavam
E as mulheres tremendo murmuravam
        Com respeito e pavor.
Ai! Fazia tremer do vale à serra...
Ele que só pedia sobre a terra
        Silêncio, paz e amor! —

No entanto à noite, se o Hebreu passava,
Um murmúrio de inveja se elevava,
Desde a flor da campina ao colibri.
"Ele não morre", a multidão dizia...
E o precito consigo respondia:

        — "Ai! mas nunca vivi!" —

        ———

O Gênio é como Ahasverus... solitário
A marchar, a marchar no itinerário
        Sem termo do existir.
Invejado! a invejar os invejosos.
Vendo a sombra dos álamos frondosos...
E sempre a caminhar... sempre a seguir...

Pede u'a mão de amigo — dão-lhe palmas:
Pede um beijo de amor — e as outras almas
        Fogem pasmas de si.
E o mísero de glória em glória corre...
Mas quando a terra diz: — "Ele não morre"
Responde o desgraçado: — "Eu não vivi!..."

        S. Paulo, outubro de 1868

Crepúsculo sertanejo

A TARDE morria! Nas águas barrentas
As sombras das margens deitavam-se longas;
Na esguia atalaia das árvores secas
Ouvia-se um triste chorar de arapongas.

A tarde morria! Dos ramos, das lascas,
Das pedras, do líquen, das heras, dos cardos,
As trevas rasteiras com o ventre por terra
Saíam, quais negros, cruéis leopardos.

A tarde morria! Mas funda nas águas
Lavava-se a galha do escuro ingazeiro...
Ao fresco arrepio dos ventos cortantes
Em músico estalo rangia o coqueiro.

Sussurro profundo! Marulho gigante!
Talvez um — silêncio!... Talvez uma — orquestra...
Da folha, do cálix, das asas, do inseto...
Do átomo — à estrela... do verme — à floresta!...

As garças metiam o bico vermelho
Por baixo das asas, — da brisa ao açoite —;
E a terra na vaga de azul do infinito
Cobria a cabeça co'as penas da noite!

Somente por vezes, dos jungles das bordas
Dos golfos enormes, daquela paragem,
Erguia a cabeça surpreso, inquieto,
Coberto de limos — um touro selvagem.

Então as marrecas, em torno boiando,
O voo encurvavam medrosas, à toa...
E o tímido bando pedindo outras praias
Passava gritando por sobre a canoa!...

....

FONTES CONSULTADAS

Esta narrativa se baseou em vários livros escritos sobre Castro Alves, alguns deles considerados clássicos. É o caso de *Castro Alves* (Rio de Janeiro, José Olympio/MEC, 1973), de Pedro Calmon, conhecido intelectual e político baiano; *Vida de Castro Alves* (Rio de Janeiro, Topbooks/Universidade Católica de Salvador/Academia de Letras da Bahia, 1997), do contemporâneo de Castro Alves, Xavier Marques; *Castro Alves, o poeta e o poema* (São Paulo, Companhia Editora Nacional, 1976), de Afrânio Peixoto, médico, escritor, professor.

Destaque especial merece *ABC de Castro Alves* (São Paulo, Livraria Martins Editora, 1941), que é uma biografia romanceada do poeta, escrita pelo grande escritor baiano Jorge Amado.

Quanto aos poemas, estão em várias antologias; por exemplo, *Espumas flutuantes e outros poemas* (São Paulo, Ática, 2004); *Os melhores poemas de Castro Alves* (São Paulo, Global, 1983), selecionados pelo poeta e acadêmico Lêdo Ivo; e *Castro Alves: Literatura comentada* (São Paulo, Abril, 1980), que contém ainda notas, estudo biográfico, histórico e crítico de Marisa Lajolo e Samira Campedelli.

A edição que serviu de base para o cotejo dos poemas aqui reproduzidos foi a comemorativa do sesquecentenário do poeta, com texto fixado por Eugênio Gomes (*Castro Alves — Obra Completa*. Rio de Janeiro, Nova Aguilar, 1997).

DESCOBRINDO OS CLÁSSICOS

ALUÍSIO AZEVEDO
O CORTIÇO
Dez dias de cortiço, de Ivan Jaf
O MULATO
Longe dos olhos, de Ivan Jaf

CASTRO ALVES
POESIAS
O amigo de Castro Alves, de Moacyr Scliar

EÇA DE QUEIRÓS
O CRIME DO PADRE AMARO
Memórias de um jovem padre, de Álvaro Cardoso Gomes
A CIDADE E AS SERRAS
No alto da serra, de Álvaro Cardoso Gomes
O PRIMO BASÍLIO
A prima de um amigo meu, de Álvaro Cardoso Gomes

EUCLIDES DA CUNHA
OS SERTÕES
O sertão vai virar mar, de Moacyr Scliar

GIL VICENTE
AUTO DA BARCA DO INFERNO
Auto do busão do inferno, de Álvaro Cardoso Gomes

JOAQUIM MANUEL DE MACEDO
A MORENINHA
A moreninha 2: a missão, de Ivan Jaf

JOSÉ DE ALENCAR
O GUARANI
Câmera na mão, *O Guarani* **no coração**, de Moacyr Scliar

SENHORA
Corações partidos, de Luiz Antonio Aguiar
IRACEMA
Iracema em cena, de Walcyr Carrasco
LUCÍOLA
Uma garota bonita, de Luiz Antonio Aguiar

LIMA BARRETO

O TRISTE FIM DE POLICARPO QUARESMA
Ataque do comando P. Q., de Moacyr Scliar

LUÍS DE CAMÕES

OS LUSÍADAS
Por mares há muito navegados, de Álvaro Cardoso Gomes

MACHADO DE ASSIS

DOM CASMURRO
Dona Casmurra e seu Tigrão, de Ivan Jaf
O ALIENISTA
O mistério da casa verde, de Moacyr Scliar
CONTOS
O mundo é dos canários, de Luiz Antonio Aguiar
ESAÚ E JACÓ E MEMORIAL DE AIRES
O tempo que se perde, de Luiz Antonio Aguiar
MEMÓRIAS PÓSTUMAS DE BRÁS CUBAS
O voo do hipopótamo, de Luiz Antonio Aguiar

MANUEL ANTÔNIO DE ALMEIDA

MEMÓRIAS DE UM SARGENTO DE MILÍCIAS
Era no tempo do rei, de Luiz Antonio Aguiar

RAUL POMPEIA

O ATENEU
Onde fica o Ateneu?, de Ivan Jaf